2003년 〈오늘의 작가상〉 수상작

# 서울특별시

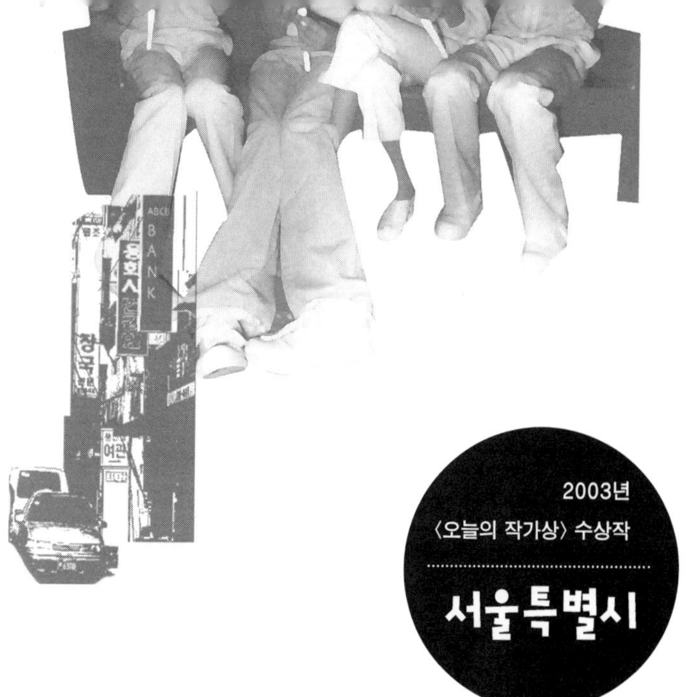



김종은 장편소설

민음사

# 차 례

서울특별시

이 찬란히 아름다운 선율을

내 고향 서울에

'사정없이' 바친다.

Sec. # 1

# plan K : 마을금고

마을금고라 해서 번화한 사거리에만 놓일 이유가 없다.
삼성전자 대리점이랄지 국민은행 옆에 보면 꼭 있지 않느냐고?
아니다. 우리들 마음속에도 금고는 있다.
차곡차곡 넣어두면 가슴 뿌듯한 것이다.
그건 마음금고 아니겠냐고?
그렇기는 한데. 그게 그거다.

찰리는 자신의 노트를 훑어보고 있었다. 여기저기 붉은 펜과 푸른 펜 그리고 형광펜까지 동원된 노트의 글귀들은 어지럽게 널려 있었지만 정작 글을 쓴 장본인인 찰리는 아무렇지 않은 표정이었다. 찰리의 글씨들은 하나같이 작았고 단어들은 복잡했으며 문장들은 치밀했다.

가장 눈에 띄는 것은 맨 아랫줄이었다. 그 줄에는 동그라미 표시가 갖가지 색으로 이백 개쯤 겹쳐 있었다. 대체 이건 또 무어란 말인가.

'이십일일에서 이십삼일 한, 적어도 일억 칠천!(자세한 내용은 호기와 상의할 것!)'

　노트를 접어 탁자 위에 올려놓은 후 찰리는 전화기를 집어 들었다.

　전화기 저편 호기는 오랫동안 전화를 받지 않았다. 찰리는 전화기를 잠시 내려놓았다 다시 버튼을 눌렀다. 끊지 않고 기다렸더니 끝내 저편에서 호기의 목소리가 들려왔다. 호기는 다짜고짜 쏘아댔다.

　"친구야 그만 해라. 자자. 자야 된다."

　호기는 벨소리를 처음 들었을 때부터 찰리의 전화라는 것을 알고 있었다. 새벽 2시가 넘어가고 있었다. 그 시간이라면 찰리 말고는 전화할 사람이 없었다. 받지 않으면 제풀에 끊겠거니 했는데 찰리는 그렇지 않았다. 사실 호기는 벨소리를 세고 있었다. 무려 백사십 번이었다. 호기가 쏘아댄 것은 그 때문이었다. 최근 들어 찰리는 계속해서 아무 때나, 그리고 집요하게 호기만을 찾았다.

　"새로운 플랜이야."

　호기의 말에는 아랑곳하지 않겠다는 듯 찰리의 목소리는 경쾌했다.

　"이제 플랜 에이치쯤 되는 거냐? 친구야, 장하긴 한데, 이제 지겹다 나는. 언짢아."

　호기는 찰리에게 그렇게 대꾸했다.

　"케이야 케이. 새겨들어라 좀."

　에이에서 시작된 찰리의 계획은 어느덧 케이에 이르

렀다. 호기로서는 그 수많은 계획들을 일일이 기억할 수 없는 일이었다. 침대에서 일어난 호기는 탁자 위 시계를 확인하고는 얼굴을 찡그렸다. 호기는 침대 위에 걸터앉은 후 스탠드의 스위치를 올렸다. 갑작스러운 불빛에 눈이 부셨다. 불을 켜고 나서도 호기가 바닥을 더듬어 담뱃갑을 찾은 것은 그런 이유에서였다. 호기는 담배를 꺼내 물었고 이어 불을 붙였다. 호기는 체념했다.

"자고 있었어?"

찰리는 의아한 듯 호기에게 물었다. 그럴 리 없었다. 새벽 2시는 호기가 가장 활발히 움직일 시간이었다. 친구들은 대부분 밤에 활동했고 호기도 예외는 아니었다.

"일찍 자려고 누웠는데, 도통 안 오네. 내일 예비군 훈련이라. 아무튼 해봐. 플랜 읊어보시라고. 잠 좀 오게. 오늘은 기필코 자야 하는데."

그리하여 찰리는 며칠 전 자신의 이야기를 호기에게 들려주는데, 물론 그 이야기의 대부분은 자신의 노트에 옮겨 적은 지 꽤 된 것들이었다.


인천시 남구 숭의동 현대의원 앞 삼거리에 마을금고가 하나 있거든. 삼거리 대로변에서 한 블록, 그러니까 어림잡아 2미터쯤. 그쯤 떨어져 있어서 지나다니는 사람은 거의 없어. 왼편으로는 작은 고가가 있고 오른편에는 커다란 목공소가 있지. 삼건 실업이라든가 뭐라든가 아무튼 그래.

그럼, 정말이지 완벽한 조건이라 할 수 있지. 진짜 호기다 이게. 절호의 기회야.

버스 타고 가다 우연히 지나쳤는데 우산도 잊고 뛰어내렸다니까. 신호등 개무시하고 한달음에 갔어. 어. 그렇게 했어. 도로, 건물, 전기 배선. 네가 말한 대로 다 살폈어. 주변 장사치들한테도 물어봤지. 그러면서 날이 어두워지기를 기다린 거야.

6시 넘었더니 고가까지 한산해. 지나치는 자동차 거의 없어. 가로등? 꺼진 게 켜진 것보다 많아. 그렇지. 사람들 안 다닌다는 증거지. 사람 많은 곳이라면 누구라도 신고했을 테니까. 사람들 그런 건 신고 잘해.

목공소 사람들은 7시 넘어 퇴근했어. 7시 30분쯤 되니까 텅 벼. 거기 나서는 사람들 보니까 느낌은 팍이야. 운영 실태야 안 봐도 비디오지. 그래도 살폈어. 역시 니 말대로. 예상한 대로야. 수위도 없고 이렇다 할 안전장치 같은 거 없어. 그래, 목구멍에 풀칠이나 할 그런 목공소야. 내 생각했지. 이런 목공소라면 사설 경비업체 따위는 꿈도 꾸지 못하겠구나.

8시쯤 됐더니 깜깜해. 변두리 야산처럼 어두웠어. 맞아. 그래서 마음이 더 편했던 거야.

천천히 건물을 살핀 건 그때부터야. 건물은 콘크리트 구조였는데, 실은 그렇게 부르기 민망할 정도였어. 삼십이 사이즈 블록 쌓은 건데 그 위에 시멘트만 우겨 발라 놨더라고. 그래, 70년대 스타일. 것뿐 아냐. 엄청 낡아 있어서 손으로 긁어도 10센티미터쯤은 쉽게 우수수, 알지? 건너편 부동산 꼰대는 70년대 중반에 지어진 건물이랬지만 내 보기에는 더 돼 보였어. 아니야. 손으로 재긴 했지만 그래도 꽤 꼼꼼히 살핀 거야.

건물 출입구는 두 개. 하나는 현관, 또 하나는 비상계단으로 통하는 철문. 둘 모두 미닫이고. 잠금장치 같은 건 따로 없어. 두께? 어림잡아 18센티미터 정도. 오차가 있어도 2센티야. 그럼 충분하지 않겠어?

그래, 그래. 집에 안 갔어. 갈 수가 없었어. 너 같으면 갔겠니? 건너편 태영장에서 하루 묵기로 했지. 냄새가 좀 나는 방이었지만, 그리고 또 시끄러웠지만 그런 것 따위 알 게 뭐야. 나 무척 흥분된 상태였거든. 탐험가의 기분이란 이런 것 아닐까. 시끄러운 거? 뻔하지 뭐. 아니야. 내가 흥분한 건 그게 아니야.

그날 밤은 그렇게 보냈어. 길 건너편이 보이는 201호 방 창문 활짝 열어놓고 병맥주 홀짝이면서 몇 번이고 거듭해 그 건물만 봤지. 애초에 계획은 그렇게 시작된 거야. 그래도 혹시나 했을 뿐이지. 사실 그때만 해도 이렇게까지 될 줄은 몰랐던 거야. 그래, 알았으니까 좀 기다려봐. 문제는 다음 날 벌어졌으니까.

다음 날 오전 11시 30분쯤이었는데. 그래 첫 번째 점심시간이지. 그 시간 맞춰서 거길 찾아갔어. 물론이지. 금고 찾아야지. 그런데 빙고! 어디 있었는 줄 알아? 샌드 크래커처럼 딱 포개진 그 위치. 내가 쓰다듬었던 바로 그 벽 앞인 거야. 너도 알겠지만 오픈형 금고 두는 곳 있어. 그래. 예전에만 그랬지. 나도 그런 것은 다 사라진 줄 알았다고. 그런데 확실히 인천은 인천이더라.

그럼. 야 나 진짜 소리 지르다 주저앉을 뻔했다. 그래 또 막대기처럼 서 있었지. 꽤 오래 그러고 있었나 봐. 청경이 와서 물어. 무슨 일이냐고. 웃기만 했지. 아무것도 아니다. 그렇게 대답한 다음에 다시 온 거야.

그 다음? 1주일 어떻게 갔는지 몰라. 솔직히 아르바이트 좀 소홀하기는 했어. 하지만 그게 문제야? 이런 기회는 또 없을 거야. 어때?


찰리는 당장에 춤이라도 출 기세였다. 호기는 알고 있었다. 찰리는 서투른 녀석이 아니었다. 어려서부터 그랬다. 그간 찰리의 계획들, 그 모두가 시간이 지날수록 점점 치밀해지고 있는 것은 누가 뭐래도 사실이었다. 누구라도 고개가 끄덕여질 법한 계획이 찰리의 머릿속에는 언제나 가득 차 있었다. 하나 모든 계획에는 오류가 있는 법. 찰리의 계획에도 허점은 있었다. 아니 많았다. 찰리의 계획은 이를테면 발상에 불과했다. 호기는 늘 그렇게 생각했다. 그러나 호기가 찰리의 의견을 존중하기로 마음먹은 것도 그것을 발상으로 여겼기 때문이니 사실 문제될 것은 아니었다.

그리하여 본인은 알지 못하는 오류, 그 약간의 어긋남을 찾는 것이 호기의 일이 되었으니 찰리의 열한 번째 계획을 듣는 동안 호기는 도합 네 개비의 담배를 태웠던 게다.

그렇지만 아무래도 이건 좀 너무 한다 싶었다. 찰리가 설명을 마쳤을 때 호기는 태우던 담배를 재떨이에 비벼 껐다.

"그래서 지금 벽을 후벼 파겠다고? 아주 대단하셔, 점점."

호기는 실제로 놀란 터였다. 찰리 이놈, 게다가 그놈의 계획, 점점 대담해지는 것 아닌가.

"굉장히 낡았다니까. 어렵지 않아."

"뭘로 파게?"

"보쉬 삼팔팔."

찰리가 말한 것은 자신이 염두에 둔 공구였다. 그러나 호기의 반박은 단호했다.

“찰리야, 삼팔팔은 지하철 지나가는 소리가 나. 게다
가 한 대 갖곤 두 시간쯤 돌려야 할걸? 공사하시게? 두
대는 있어야 돼.”

“흡음재 있잖아. 그거 박고 돌리면 돼. 인적 드물다니
까.”

단호하기는 찰리도 마찬가지였다.

“그래도 두 대는 돌려줘야 돼. 자, 그거 두 개면 돈이
얼마일까? 게다가 삼팔팔로 금속은 어림없어. 안 뚫려.
그거 돌렸다간 불꽃놀이하는 줄 알 거야. 경찰차보다 소
방차가 먼저 와. 힐티 칠공오면 또 몰라.”

사뭇 들떠 있던 찰리의 목소리가 눈에 띄게 가라앉은
것은 그 때문이었다.

그랬다. 찰리의 약점은 돈 계산에 있었다. 호기는 종
종 그런 생각을 했다. 이놈은 혹시 돈 개념 아예 모르는
녀석 아닌가. 마침 찰리가 조심스레 다시 입을 열었다.

“그렇게 다 하면 얼마 하는데?”

“백오십은 넘지.”

“빌……리는 데는 없어? 렌탈.”

“있는데, 그럼 수사할 때 경찰 아저씨들이 편하지 않
겠니?”

“어.”

끝내 찰리는 완전히 사그라들었다. 찰리는 여간 실망

한 것이 아니었다.

"우리 돈 얼마나 모았지?"

"안 세어봤는데. 많이 남았어. 다시 말하지만 돈 없이 되는 일 없어."

호기는 대답하며 다시 한번 돈을 강조했다.

정말 계획을 실행하려면 먼저 돈부터 준비해야 한다는 것. 오래전부터 호기의 생각은 그랬다. 계획을 세우기에는 아직 일렀던 것이다. 찰리가 계획 잡는답시고 계속해서 아르바이트를 펑크 내는 것이, 호기는 그래서 못마땅했다. 무엇보다 돈인 것이었다. 하나 호기는 차마 찰리에게 뭐라 하지 못했다. 계획은 언제나 찰리의 담당이었으니 어찌 보면 또 찰리는 자신의 일을 제대로 하고 있는 것일 수도 있지 않나 싶어서였다. 애초부터 호기가 예산에서 찰리의 몫을 제외해 둔 것은 그런 이유이기도 했다. 그럼에도 호기에게는 무언가 아쉬움이 남았으니, 그래도 오십만 원 정도는 벌어줬으면 한 것 아닌가.

그리하여 돈 좀 더 모으자는 호기의 말을 마지막으로 대화는 끝이 나야 했던 게다.

찰리와 호기는 그날도 그렇게 전화를 끊었으니 케이라 이름 붙여진 계획 역시 실행하기에는 부족한 것이 너무도 많았던 게다.

# 유진(諭進) : 깨우쳐 나아가다

폭식의 경험이 있는 사람이라면 누구나 유진을 이해한다.
마구잡이로 먹는 것은 대부분 정신적인 문제인데,
그렇다고 해서 이상하게 보지 마라.
서울서 살려면 그래야 하니까.
그렇지 않으면 견딜 수가 없잖아.

유진은 우울했고 동시에 분주했다.

유진은 무언가 먹을 만한 것을 찾고 있었다. 우울할 때 한 상 거하게 차려 먹는 것은 언제나 효과 만점이었다. 유진이 60리터 정량인 자신의 작은 냉장고에서 찾아낸 것들은 다음과 같았다.

끓이면 불어나는 어묵 찌개, 데치면 그만인 프랑크 소시지, 뜨거운 물만 부으면 만사 오케이인 미역국, 데우면 완성되는 흰 쌀밥.

그렇게 상은 제법 푸짐히 마련됐건만 유진은 쉽사리 수저를 들지 못했다. 유진은 그 모든 것들을 자신의 앞에 펼쳐놓고 멍하니 앉아만 있을 뿐. 사실 유진은 생각에 빠져 있었다. 이 음식물들은 대체 어디서 왔다는 말인가.

　유진은 음식물들의 포장지를 뒤적여 꼼꼼히 제조지를 확인한 다음에야 김이 모락모락 피어나는 흰 쌀밥 한 술을 입 안에 떠 넣을 수 있었다. 그러나 유진은 끝내 그것을 씹지 못했다. 유진은 입 속에 넣었던 밥 알갱이들을 토하듯 바닥에 뱉어냈고 이어 밥상을 발로 밀쳐냈다. 유진이 벽에 매달려 있는 전화기를 꺼내 들어 정신없이 버튼을 누른 것도 어찌 보면 그 때문 아닌가. 유진은 생각했다. 패스트푸드는 꼭 빨라야 하는가. 하나 유진의 손가락 끝에서 시작된 미세한 전파는 그러한 유진의 생각에는 아랑곳하지 않고 춤추듯 날아올라 언제나 그랬듯 순식간에 도시 저편으로 달아났으니.

　이어 유진은 대뜸 이렇게 말한 게다.

　"나 죽을래. 생각해 보니까 또 속았다. 씨발."


　유진의 이름은 이미 결정되어 있었다. 유진 할아버지는 자신의 막내며느리가 아이를 가졌다는 소식을 듣자마자 세포 덩어리에 불과한 자신의 손자에게 성급히 그 이름을 선사했다. 유진(諭進)이라고.

　"긍께 깨우쳐 나아간다는 뜻이제. 내 물어봉께 겁나 보통 놈이 아니드라고."

　이름을 선사하면서 유진 할아버지는 사랑하는 막내며

느리를 위해 그렇듯 착실한 설명까지 덧붙였다. 전화기의 감도가 영 시원치 않았음에도 유진 엄마는 그 두 글자를 똑똑히 알아들었으니 그것이 유진 아닌가. 유진 엄마는 그 이름을 한번 발음해 봤고 흡족해했다. 내심 촌스러운 이름이지는 않을까 하고 걱정했던 것은 기우였다. 딸이든 아들이든 어느 편에 붙여놓아도 썩 그럴듯하게 들릴 것 같은 그 발음이 유진 엄마는 마음에 들었다.

"아버님, 아들이랍니다. 병원에 한 일주일쯤 더 있어야 하고요, 시골에 가려면 최소한 한 달은 지나야 한대요. 그게 아이한테 좋대요. 그때쯤 찾아뵐게요. 보시고 싶더라도 기다리세요."

유진 할아버지는 유진의 탄생 소식마저 전화기를 통해 전해 들었다. 유진 아버지는 유진 할아버지에게 의사가 일러준 말 일체를 그렇게 고스란히 전달했다. 유진 할아버지는 어깨를 들썩이며 그라제, 그래야제, 또 술한잔 해야 쓸란갑다, 라 연이어 대답했다.

그러나 그날 밤 유진 아버지는 25번 고속도로를 미친 듯 달려야 했고 그리하여 곧장 자신의 고향 땅을 밟아야만 했으니.


그날 오후 유진 할머니까지 전화기를 집어 들지 않았던들 그러한 일은 없었을지도 모르겠다. 자신의 아들에게 전화를 건 유진 할머니는 떨리는 목소리로 이렇게 말했다. 6밀리 전화선을 통해 전달된 그날의 짧은 한마디는 지금까지도 유진 아버지 가슴 한구석에 소중히 '장기 보존'된 채로 남아 있다는데.

"아야 어째야, 느그 아부지 돌아가실란갑다."

유진 할아버지는 유진이 태어났다는 소리를 듣자마자 온 동네 사람을 한자리에 모아놓고 술판을 벌였다. 정확히 말하자면 벌여야 했다. 또다시 아들이다. 낳았다 하면 아들이다. 그 저녁 술판의 주제는 그러했다. 유진 할아버지는 연거푸 술잔을 받아 들이켜야만 했다. 유진 할아버지에게는 친손자와 외손자를 합해 사내아이만 도합 다섯이 있었다. 유진은 여섯 번째였다. 새삼스러워질 때도 됐건만 고향 땅의 분위기는 그렇지가 않았다. 늘 그래왔듯 그날도 유진 할아버지는 축하의 메시지와도 같은 그 술잔들을 거절하지 못했다.

"인촌 양반은 좋겠소. 인자 고추밭이요. 뭔 복이란가?"

대체 무슨 복이었을까. 그 축하의 한마디는 유진 할아버지가 세상서 들은 마지막 말이 됐다. 유진 할아버지는 그 말을 듣고 나서 허허 웃으며 또 다른 술잔을 받았고 보기 좋게 잔을 비워냈다. 그런 다음 쓰러졌다. 최후의 숨을 토하며 유진 할아버지는 자신의 아내에게 일렀다.

어린 유진에게 이름을 소중히 여기라 전해 달라고. 그런 다음 유진 할아버지는 다시는 일어날 수 없었다.

"어쩐다냐, 하필 오늘 같은 날에."

유진 아버지는 고향 땅으로 향하는 자동차 안에서 연신 자신의 엄마가 울먹이며 건넨 그 말만을 떠올렸다.

그날 밤하늘에 걸쳐진 숱한 6밀리 전화선들은 계속해서 유진 아버지를 뒤쫓았으니 하나 유진 아버지는 그것이 자신을 따라오고 있는 것인지 아니면 자신이 그것을 따라가고 있는지 알지 못했던 게고, 같은 시각 서울의 유진 엄마는 문득 허기를 느껴 무서울 만큼의 빠른 속도로 수저질을 해대기 시작한 게다.


그리하면 어이하여 유진 아버지는 서울에 왔다는 말인가.

대학에 붙었다는 말 한마디에 유진 아버지는 고향을 떠날 수 있었다.

"저는 형님처럼 다 해달라 말은 하지 않습니다. 한 학기 등록금만 주시면 나머지는 제가 알아서 어떻게든 하겠습니다. 허락만 해달라는 것인데 그게 그렇게 어렵습니까?"

그날 밤 유진 아버지는 애써 서울말을 쓰고 있었다.

유진 할아버지는 자신이 가장 아껴 마지않는 막내아

들이 자신의 논과 밭을 맡아주길 원했다. 하지만 형의 그늘에 가려 제대로 이름 석 자 한번 써보지 못한 녀석이 턱하니 대학에 붙었다는 사실에도 감격하지 않을 수는 없었다. 아들이 자랑스러워 또 한편으로는 안쓰러워 유진 할아버지는 고개를 끄덕이고 말았다. 유진 할아버지는 자신의 막내아들이 두 눈으로 뿜어대는 초롱초롱한 눈빛을 끝내 외면할 수 없었다. 유진 할아버지가 꿍쳐 둔 종자돈을 건넨 것은 그 형형한 눈빛 때문이라 해도 과언이 아니리라. 당시 유진 할아버지는 대학이란 곳이 고등학교를 졸업하지 않은 가난한 농군의 자식이라 할지라도 누구에게나 기회를 주는 그런 곳이라는 막내아들의 말을 믿었다. 그리고 그 말을 건네며 빛을 발하는 아들의 시커먼 눈동자를 굳게 믿었다.

"아버지 서울은요, 그리고 대학은요, 열심히만 하면요, 누구에게나 기회를 주는 곳이에요."

유진 아버지는 자신의 아버지를 향해 아들의 노력을 헛되게 하지 말아달라 간곡히 부탁했다. 그렇게 기어이 종자돈을 손아귀에 쥔 유진 아버지는 내친김에 그 길로 평소 흠모했던 이웃 마을 처녀를 찾았고 그녀에게까지 그와 비슷한 말을 건넸으니 손에 쥔 뭉칫돈 덕이었던지 서울 말씨의 완성도는 높아져만 가는 것이 아닌가.

"너 잘 들어라. 여기서 농사짓다 농사짓는 청년 만나

서 또 농사지으면서 살다가 끝내 자식들도 농사시킬래? 서울이 어떤 곳인지 알아? 가자. 난 이미 취직이 되어 있어."

그것은 정말이지 멋진 프러포즈였다. 하나 당시는 얼굴 고운 이웃 마을 처녀에 불과했던 유진 엄마도 그의 말이 거짓이라는 것 정도는 단박에 알아낼 수 있었다. 그러나 어차피 프러포즈란 백 퍼센트 거짓말의 또 다른 이름이 아니던가. 유진 엄마는 그때 그마저도 떠올렸으니. 아직까지도 유진 아버지는 자신이 취직이 되어 있다 말하지 않았던들 그녀가 그리도 쉽사리 따라왔을까 하고 의심하나 그것은 결코 그렇지가 않았다. 유진 엄마가 마음을 바꾼 것은 그날 밤 어둠이 짙게 깔린 무논 위로, 농사짓다가 농사짓는 청년 만나 또 농사지으면서 살다가 끝내 자식들마저 논으로 내모는 자신의 모습이 마치 파노라마처럼 펼쳐졌기 때문이었지 유진 아버지의 그 말 때문은 아니었던 게다. 물론 지금에야 차라리 그렇게 살았더라면 최소한 마음만은 편하지 않았을까 하고 생각하고 있으나 당시의 유진 엄마에게는 그것이 상상하기도 싫은 최악의 상황에 다름 아니었던 게다.

그리하여 팽팽한 스무 살에 서울로 올라온 젊은 연인은 그 결혼 행진곡이라는 단출한 선율의 피아노 소리도 들어보지 못한 채 새로운 삶을 꾸리게 된 게다. 그럼에도 그 삶은 어찌 된 일인지 단출한 선율을 갖고 있었으니 고생이라는 두 글자의 반복, 그러한 시간의 연속 아닌가. 그들이 할 수 있는 일이라고는 애써 서울말을 쓰는 것이 전부였고, 손에 쥐어져 있던 종자돈으로 할 수 있는 일이라고는 방 한 칸 세를 얻는 것이 전부였으니 그 단출한 선율이 도돌이표라도 단 듯 몇 번이고 거듭해 계속된 것은 어쩌면 누군가 미리 악보를 그려놓은 것처럼 예정된 것은 아니었을지. 젊은 연인은 날이면 날마다 그 의심을 떨쳐버리지 못했다.

어찌 됐든 그것이 벗어나야 할 상황임은 분명하여 무엇보다 직장이 시급했던 유진 아버지는 자신이 할 수 있는 일을 찾아 서울 시내 구석구석을 헤매기에 이르렀다는 게다. 물론 유진 엄마도 마찬가지였다. 그래 젊은 연인은 밤마다 생각했으니 유진 아버지는 유진 엄마의 가슴을 주무르며 유진 엄마는 유진 아버지의 단단한 허벅지를 쓰다듬으며 몇 번이고 거듭해 생각에 잠겼던 게다. 무언가 불확실한 것을 찾아 헤매야만 한다는 것, 그보다 더한 고생이란 아무래도 없지 않은가.

유진 아버지가 유능한 장수가 전장을 바꾸듯 무려 이십여 종의 일을 거쳤다는 사실 뒤에는 그러한 인고의 배경이 쫙 깔려 있었던 게고 유진 아버지가 안정적이고 미래 지향적인 지금의 일을 찾게 된 데에는 그렇듯 수많은 시행착오, 곧 수많은 경험이 있었다는 게다.

유진 아버지가 그 일과 처음 대면한 것은 그의 나이 스물셋때였다. 유진 아버지는 당당히 다방 종업원이라는 직함을 얻게 됐다. 유진 아버지는 그 일을 한사코 자랑스러워했다. 지금이야 널린 게 커피지만 그 시절 커피는 나름대로 고귀한 음료여서 커피를 끓이고 컵에 따르는 일련의 과정이 일종의 기술로까지 여겨졌었다. 뿐만 아니라 유진 아버지는 그 새카맣고 찝찔한 음료에서 미래에 대한 비전 비슷한 것마저 발견했으니 유진 아버지가 그 대수롭지 않은 일 모두를 행여 하나라도 놓칠세라 착실히 익혔던 이면에는 그리 빛나는 비전이 놓여 있었던 것이다. 단순히 배우기만 한 것이 아니라 곧잘 응용도 했던 터라 유진 아버지는 종업원 일을 시작한 지 얼마 되지 않아 음악을 사랑하고 여인을 사랑하는 그리하여 멋이라는 것이 무엇인지를 아는 훌륭한 서울 시민이 될 수 있었다.

그 일만으로도 제법 많은 돈을 모으게 된 유진 아버지는 10년도 채 되지 않아 작은 건물의 1층과 2층을 동시에 구입하기에 이르고 그것은 당시로서는 획기적인 복층식 다방 주인이라는 이름의 성공을 일궈내는 초석이 됐다. 그러나 더 큰 성공을 향한 유진 아버지의 레이스는 좀처럼 멈출 줄 몰랐으니 유진 아버지는 날마다 생각에 잠겼던 게다.

유진 아버지가 한번 생각에 잠기면 그 집중력은 실로 대단해서 초록색 금고에 쌓이는 천 원권 지폐도 그것을 말릴 수가 없었다.

변두리에서의 다방 사업이란 도심에서처럼 음악만 갖고 덤빌 만한 것이 아니지 않은가. 다른 계획이 필요하지 않은가. 요컨대 사업 아이템의 조정이 필요하지는 않은가.

당시 유진 아버지는 그러한 것들을 집중적으로 생각했다. 유진 아버지는 어느덧 커피 판매 전문가를 넘어 훌륭한 사업가로의 도약을 준비하고 있었던 게다.

그렇듯 오랜 계산과 생각 끝에 유진 아버지는 한 가지 결론에 도달했으니 변두리 다방에는 무엇보다 여자가 우선이라는 것이었다. 하나 그것은 말처럼 쉽지 않았다. 건물을 구입하고 이것저것 준비하느라 가진 돈 모두를 써버린 유진 아버지로서는 일단 여력부터 없었다. 그렇다 하더라도 성공한 사업가들에게는 한 가지 공통된 점이 있지 않은가. 에이가 없다면 에이를 대신할 만한 에이 대시를 빠르게 찾아야 한다는 것. 그리고 그 에이 대시를 무슨 수를 써서라도 재빨리 에이로 교체해야 한다는 것. 서울에서 성공하려면 그것에 익숙해야만 했다. 그리하여 유진 아버지는 일단 자신의 아내에게 도움을 청했던 게다.

그것은 효과가 있었다. 유진 엄마의 미끄러질 듯한 종아리는 순식간에 사람들을 불러 모았던 것이다. 하나 그것은 임시방편에 불과했다. 임시방편은 말 그대로 시간의 제약을 안고 있었으니 하여 유진 아버지는 다시 한번 생각해야 했다. 시간은 적었고 할 일은 많았다. 어떻게 할 것인가. 아내가 고객들에게 제공할 수 있는 서비스의 폭은 너무도 좁지 않은가. 앞으로 태어날 자식을 생각하자니 그림도 영 안 좋지 않은가. 그리하여 유진 아버지는 다시 한번 착실한 계획을 짜기에 이르렀다.

마침내 아내를 오래 카운터에 앉혀놓지는 않겠다는 유진 아버지의 계획은 1년하고도 반 만에 이루어졌다. 사람들은 궁금해했다. 저 집은 어찌 저리도 손쉽게 돈을 모은다는 말인가. 여전히 정답은 커피에 있었다. 커피가 갖고 있는 무궁무진한 힘에 있었다. 커피는 정말 남는 장사였다. 애초에 아내는 이것이 사기가 아니냐 반문하기도 했었다. 그때까지도 유진의 엄마는 많은 사람들이 자신을 보고 다방을 찾는다는 것을 알지 못했다.

“분위기를 파는 거야. 분위기. 커피는 분위기로 마시

는 거니까. 당신도 알겠지만 서울은 그런 곳이야."

의심하는 아내를 향해 유진 아버지는 그렇게 말했다. 하나 그리 말하는 유진 아버지의 눈에도 조급함은 역력했으니 다방을 찾는 사람들의 입에서 유진 엄마의 이름이 끊이지 않고 오르내렸기 때문이었다. 그들은 틈만 나면 유진 엄마를 어떻게 해보려 그야말로 최선을 다했으니 유진 아버지는 한시도 다방을 벗어날 수 없었던 게다. 새로운 분위기 조성은 그래서 더욱 시급한 문제였다. 그리하여 유진 아버지는 결정이란 것을 하기에 이르는데.

그렇다. 이것이다. 커피에 숨어 있는 비전은 이것이다. 커피는 사람의 관계를 실로 살갑게 만드는 힘이 있지 않은가. 유진 아버지가 찾아 헤맨 새로운 분위기는 바로 그것이었다. 유레카. 그 새로운 분위기를 위해 유진 아버지는 유진 엄마를 집으로 들이기가 무섭게 아직 결혼하지 않은 젊은 처자들을 찾아 나섰으니 이윽고 그 다방에는 분위기가 넘쳐났던 게다.

"술집도 아닌데 여자를 들여요?"

"어허, 분위기라니까."

행여 자신의 남편이 처녀질이라도 생각하고 있는 것은 아닌가 싶어 유진의 엄마는 그렇게 물었다. 하나 남편의 대답은 그토록 단호했다. 그리고 문제의 처녀질은

급기야 시작됐던 것.

아아, 그 다방은 젊고 예쁜 여자들이 득시글거린다는 소문을 풍기게 되었으니 그곳이 그 이름도 유명한 유진 다방이다. 불과 5년 전까지만 해도 이문동에서 유진 다방을 모르는 사람이 없었다.


유진 다방은 전설이 됐다. 전설은 신화가 된다고 했던가. 그 전설도 그랬다. 유진 다방의 전설은 유진 카페로, 다시 유진 호프로 이어지고 있었다.

그러나 언제부터인가 유진 아버지는 그것을 썩 마뜩찮게 여기고 있었다. 서울이라는 이름의 도시는 급속히 달라졌고 아가씨와 함께하는 다방의 시대는 진작 막을 내렸던 게다. 아가씨들이 사라진 유진 다방은, 그 분위기는 저 옛날처럼 감미로울 수 없다는 것이 유진 아버지만의 이유였다. 대체 그 분위기란 무엇인가. 요약해 보자. 유진 아버지가 큰돈을 모을 수 있었던 것은 사실 유진 다방을 거쳐 간 숱한 아가씨들 덕분이었다. 곧 분위기라는 것은 어디에도 없지 않았나. 사람들이 유진 다방에서 사고 싶어했던 것은 커피가 아니라 젊은 아가씨들의 매끈한 살결이지 않았나. 아내의 말대로 커피는 사기에 불과했던 게다.

그러나 유진 아버지는 좀처럼 그것을 인정하는 법이

없었다. 그 어떤 분위기라는 것이 여전히 그의 가슴에
남아 뜨거운 숨을 토해 내고 있었으니 어찌 해볼 도리가
없었다.

어찌 됐든 결과적으로 유진 아버지는 더 이상 커피를
마시지 않게 됐다는 것이 중요하지 않나 싶다. 스무 살
시절 서울에 갓 올라와 록 음악을 들으며 때로는 통기타
선율을 들으며 커피를 타던 유진 아버지, 그 고결함과
수수함은 이제 더 이상 서울 하늘 아래서 찾을 수 없게
됐다는 것이다. 돈이 되지 않는다면 가차 없이 버린다는
것. 그것이 유진 아버지의 철학이 된 지는 꽤 오래된 터
였다. 대체 그것을 무슨 분위기라 부를 수 있을까. 어느
새 유진 아버지는 서울이라는 이름의 도시와 비슷한 성
격을 갖게 된 게다.

"몸에도 안 좋은 것을 뭐가 좋다고 그렇게 부어대냐.
녹차 마셔라, 녹차."

언제부턴가 유진은 아버지로부터 그런 말을 듣게 됐다.


그럼에도 유진 엄마는 유진 다방을 계속 꾸려나갔다.
시간이 변해 다방은 카페로 다시 호프로 이름을 바꿨지
만 유진 엄마에게 그것은 그리 중요하지 않았다. 식구를
거둘 수 있는 소박한 일자리. 유진 엄마가 고향을 떠난
이유는 애초에 그것이었기 때문이었다. 어찌 보면 그것

은 유진 엄마의 결혼 상대와도 같아서 유진 엄마에게 있어 유진 다방은, 카페와 호프는 그 옛날 어둠에 쌓여 있었던 고향의 무논과도 크게 다르지 않았던 게다.

그러나 유진 아버지는 고향의 무논을 잊은 지 오래였다. 현재까지 유진 아버지가 유진 다방을 거친 아가씨와 동거를 기록한 것은 네 건. 다방이 문을 닫은 이후로도 두 건이 더 됐다. 그렇다면 유진 아버지는 유진 엄마를 사랑하지 않는가. 아니다. 사랑한다. 하나 사랑에는 무수한 분위기가 있는 것이라고 유진 아버지는 되묻는다. 마치 커피처럼. 중요한 것은 커피를 마시는 것이 아니라 어떻게 마시는가 하는 문제가 아닌가 하고.

그러한 유진 아버지의 생각은 강철처럼 굳은 지 오래여서 그 기록은 여전히 갱신 중에 있었다. 유진 아버지는 꽤 나이를 먹었지만 그래서 계단을 오를 때마다 제법 숨이 가빠했지만 이상하게도 이 도시의 아가씨들은 그런 그를 잘도 따랐다.


유진은 그 모든 언니들을 생생히 기억하고 있었다.

유진의 어린 시절은 숱한 언니들과의 동거로 시작해 동거로 막을 내렸다. 지금 유진이 친구들 사이에서 언니로 불리는 것은 필시 그 영향이었다. 처음에 유진은 숱한 그녀들이 정말로 자신의 언니인 줄만 알았다. 그도 그럴 것이 눈뜨면 보이는 것이 언니요, 같이 밥을 먹는 것도 언니요, 입만 열면 대꾸하는 사람도 언니요, 하루를 마치고 한 이불 속으로 기어드는 사람까지 숱한 언니들이었으니 그도 그럴 법하지 않은가. 그 숱한 언니들은 우울할 때마다 유진의 고추를 가지고 장난치며 마음을 달랬고 유진은 그 모든 언니들의 새하얀 살결을 장난감인 양 만지며 자랐으니 당연하지 않겠나. 어찌 됐든 요점은, 유진이 꼼꼼하고, 이것저것 잘 재며, 툭하면 잘 웃고, 자신의 몸과 마음을 가꿀 줄 아는 꽤나 특이한 지금의 청년이 된 것은 모두가 그런 어린 시절 덕분이었다는 게다.

친구들은 그러한 사실을 잘 알고 있었다.

여자에 대해서라면 유진은 모르는 것이 없었다. 친구들은 그것을 당연히 여겼다. 여자를 상대하는 매너에 있어 가히 천재적인 능력을 보였다. 친구들은 그것을 당연히 이해했다. 그럼에도 유진은 정작 여자를 사귀지는 않았다. 그래, 친구들은 이해할 수 있었다. 유진은 여자 가슴에 상처를 낸 녀석을 가만두지 않았다. 일단 주먹부터 내질렀다. 그쯤이야 뭐, 친구들은 그것마저도 우정이라는 이름의 뜨거운 가슴으로 이해했다.

그런데 어째서, 왜 유진은 툭하면 죽으려는 것인가.

친구들은 그것만큼은 이해하지 못했다. 친구들은 유

진에게 하필 그러한 버릇이 생겼는지 도통 감조차 잡지 못했다. 돌이켜보자. 유진은 《플레이보이》의 한 장면 같은 화려한 나날들 속에서 자랐다. 그것은 누가 뭐래도 천국이라고밖에 말할 수 없는 아름다운 추억이다. 뿐만 아니라 친구들과 비교해 보자면 돈도 가장 많았다. 일단 가만히 앉아만 있어도 유진 호프는 제 것이 될 것이 뻔했다. 이렇듯 다소 노골적인 이유들만 붙여봐도 유진에게는 죽을 만한 이유가 없었다. 만약 그래도 유진이 죽음을 택한다면 친구들은 애진작에 한 줌 흙이 됐어야 했다.

그리하여 오랫동안 유진을 겪어보지 않은 사람에게는 이상하게 들리겠지만 그것은 실제 버릇이라고밖에는 설명할 길이 없게 됐다. 최소한 친구들은 그렇게 생각했다. 가끔 친구들은 유진의 그러한 행동이 어쩌면 취미 생활일 수도 있겠다고 생각한 적도 있었다.

그러나 유진에게만큼은 분명한 이유가 있었다. 그렇다면 유진의 괴로움은 무엇인가. 오로지 하나다. 유진은 누군가가 자신을 속이는 것을 견디는 법이 없었다. 유진의 아버지는 여태 어린 유진에게 진실되지 못한 모습만을 보여왔다. 사실 꼭 유진이 아니더라도 그것은 얼마나 참을 수 없는 고통인가. 유진은 생각하고 있었다. 자신이 남들보다 최소한 세 배 이상은 속으며 지내왔다고.

몇 가지만 요약하기로 하겠다. 유진의 인생에 지대한 영향을 끼친 다섯 가지 요소(가정, 교육, 미디어, 사랑, 대인관계)를 기준으로 조촐하게 극히 일부만 뽑아보겠다.

엄마와 아버지 : 성적은 중요하지 않다, 사람이 되는 것이 중요한 것이다. 거짓말하지 마라, 남을 속이려 하지 마라. 네 미래는 네 스스로 결정해야 하는 것이다. 하나 대학을 가지 못하면 인간 이하의 취급을 받을 것이다. 여자를 사귀는 데에 중요한 것은 사랑이다. 효도는 바라지도 않겠다, 늙으면 우리는 우리끼리 살겠다는 말이다.

학교 : 친구들을 가려 사귀는 짓거리는 하지 마라, 친구는 모두가 소중하다. 선생은 너희에게 지식을 가르치는 사람이 아니라 인간의 도리를 가르치는 사람이다. 정작 중요한 것은 취미 생활이다, 자기 자신을 계발하라. 국영수보다는 예체능의 능력을 키워라, 21세기는 그러한 사람들의 시대다. 대학의 선택 기준을 점수라 생각하지 마라, 자고로 적성이 중요한 것이다.

텔레비전 : 너희 형들은 지금 화염병을 들고 사회를 전복하려 한다, 실로 위험하다. 이제 저 댐이 무너지면 너희들의 아름다운 고향인 서울은 12초 만에 물바다가 될 것이다, 그러니 돈을 내라. 바지에 풀이 붙어 있거나 쌀 한 가마니 가격을 모르는 사람처럼 위험한 것은 없

다, 가차 없이 신고하라, 포상도 하겠다. 사회 정의는 소시민들이 이룩하는 것이다. 실로 세상의 주인은 중산층이다.

첫사랑을 비롯한 몇몇 여자 아이들 : 니가 처음이야. 니 생각만 해. 보고 싶어 죽겠어. 너 없음 난 살 가치가 없어. 니가 최고야.

이웃들 : 그런 아들 두셔서 좋으시겠어요. 언제 한번 저녁 식사나 해요. 그럼요, 집 앞은 각자 알아서 치워야죠. 최소한 조용히 할게요, 서로 도와야죠. 이거 싸게 드리는 겁니다. 무공해 식품이거든요.

그러나 유진이 겪은 실제 서울에서의 삶은 그렇지 않았다. 앞에서 말한 것처럼 된 것이 없었다. 유진은 생각했다. 이것을 어찌하면 바로잡을 수 있다는 말인가.

누군가에게 속았다는 것. 이미 끝나버린 그 일을 극복할 수 있는 방법이, 최소한 유진에게는 다시 태어나는 것이었다. 한데 유진을 속이는 사람은 유진이 자람에 따라 늘기만 했다. 유진은 어쩌면 속아가며 나이를 먹은 것인지도 몰랐다. 그래서 머리가 굵어진 유진은 세상마저 자신을 자꾸만 속이려 한다 생각하게 됐다. 때문에 유진은 수많은 자살 방법을 연구해야 했다.

유진은 그렇게 깨우쳐 나아갔다.

만약 그때마다 유진이 이러저러한 일로 난 속아버렸

다고 친구들에게 솔직히 말했다면 친구들은 유진이 왜 자꾸만 죽으려 하는지 이해했을까. 하나 그런 일은 벌어지지 않았다. 하필 우리의 유진은 그런 성격이 아니었던 게다.

유진은 고교 시절부터 써온 자살 노트를 갖고 있었다. 유진은 그 노트에다 무려 사백이십여 가지가 되는 자살 방법을, 가장 한국적인 재료와 장소와 표현으로만 구성된 자살 방법을 적어놓았다. 그간 유진이 써온 유서는 전화번호부 분량. 자기 나름대로 준비한 수의도 여섯 벌이나 됐다.

유진이 처음 죽음을 계획한 것은 중학교 3학년 때의 일이었다. 그날 화장대를 정리하느라 유진의 유서를 뒤늦게 발견한 유진 엄마는 그 내용을 제대로 파악하기도 전에 풀썩 자리에 주저앉고 말았다. 유진 엄마는 그때 처음 알았다. 50년 가까이 사용해 온 자신의 다리가 일순 뜻대로 잘 움직이지 않을 수 있으며, 눈앞으로 뿌연 안개가 갑작스레 스밀 수도 있으며, 윙 하는 마찰음이 귓가에서 떠나지 않을 수도 있다는 사실을.

다행히 그날 유진 엄마는 현명하게도 친구들을 불러 모았다. 친구들도 당황한 것은 마찬가지였지만 그래도 친구들은 유진 엄마에게 큰 힘이 됐다. 한 명은 유진 엄마 곁에 남아 그녀를 돌봤고 나머지는 이문동 전체를 휘저었다. 친구들은 유진의 이름을 목 놓아 불렀다. 바보 같은 행동이라고 여길 수도 있겠으나 누군가의 유서를 한번이라도 발견해 본 사람은 이해할 수 있을 것이다. 유서를 읽게 되면 무엇에 이끌린 듯 어이없게도 일단 밖으로 나간다는 것을. 그렇게 상대방을 찾게 된다는 사실을.

친구들은 저녁 9시가 넘어서야 삼거리 슈퍼 앞에 쪼그려 앉아 전자오락에 열중해 있는 유진을 발견할 수 있었다. 그날 친구들은 이렇게 말했다.

"너 안 죽었어?"

"아까 죽었어. 그런데 다시 태어난 거야."

그때 유진은 뜻밖에도 그러한 대답을 했다.

유진은 결코 장난삼아 그런 짓을 할 녀석이 아니었기 때문에 당시 친구들은 정말 유진이 살아 돌아오기라도 한 양 기뻐해 주었다.

"너, 죽은 줄 알았잖아."

그렇게 말하고 눈물을 보인 녀석도 있었다.

유진은 그렇게 부활했다.


하나 이후에도 유진의 죽음은 멈추지 않았다. 달라진 것이 있다면 유진의 엄마도 친구들도 처음처럼 놀라지 않는다는 것뿐. 이를테면 이런 식이었다.

"다른 게 아니라, 우리 유진이 또 죽으러 갔구나. 그런데 엄마가 오늘 저녁에 약속이 있거든. 니들이 좀 찾아봐 줄래?"

"예, 어머니. 그런데 저도 지금 과외 중이거든요. 끝나면 찾아볼게요."

"그래 그럼, 그렇게 하려무나."

"예, 찾으면 삐삐 칠게요."

유진 엄마 목소리는 더없이 차분했고 친구들의 반응도 보통 그런 식이었다. 유진의 자살 선언은 더 이상 놀랄 만한 일이 아니게 된 것이었다. 유진의 자살 선언은, 일이 있으니 한번 만나자, 정도의 의미로 전락했다. 하나 그것은 최소한 그들에게 있어 살가운 초대와도 같았으니 그리 나쁠 것은 또 무엔가. 유진은 친구들을 그렇게 불러 모았고 친구들도 그의 그러한 청을 거스르지 않았으니, 그것은 지금도 계속되고 있는 게다.

최소한 유진은 친구들과 함께할 장소를 갖고 있었다. 게다가 유진 엄마는 친구들을 늘 따뜻이 대했다. 그러니 더욱 좋았다. 유진 다방 시절에는 우유를, 카페 시절에는 커피를, 이제는 맥주를, 그것도 공짜로 제공하고 있었으니.

이번에 유진의 전화를 받은 것은 중만이었다.

"나 죽을래. 생각해 보니까 또 속았다. 씨발."

다시 처음으로 돌아가 유진은 중만에게 그렇게 말했던 게다.

중만은 목소리만으로도 유진임을 알았다. 하루 이틀 들은 것은 아니지만, 그래 유진의 목소리는 오늘도 비장했다. 하나 중만은 오늘도 놀라지 않는다.

"어 죽으시게? 그래, 그래. 알았어, 내가 전화 돌려볼게."

중만은 머리를 감다 뛰쳐나온 터라 유진과 오래 통화할 수 없었다. 중만은 젖은 머리칼을 털고 느긋하게 드라이까지 마친 다음에야 차례차례 친구들에게 전화를 걸었고 이어 유진에게 결과를 보고했다.

"어쩌냐 다들 일이 있다는데. 참, 이제는 니가 죽는다 해도 영 시원찮다. 레퍼토리 바꾸자. 아냐. 난 갈 수 있어. 가게로 갈까?"

"그래."

중만의 질문에 유진은 그렇게 대답했다.

유진은 실망하지 않았다. 아무래도 예전과 같은 날들이 돌아오지 않는다는 것쯤은 유진도 잘 알고 있는 터였다. 세월이란 그렇다고. 친구들에게는 각자 해야 할 일이 있었다. 사실 그 점에 있어서는 유진도 마찬가지였으니 불평은 있을 수 없었다. 그나마 중만이라도 만날 수 있는 것이 다행이었다. 무언가 털어놓지 않으면 또 무언가 마구 먹어버릴지도 몰라 조급했던 유진은 가게로 오겠다는 중만의 말에 안심할 수 있었다. 유진은 생각했다. 그래, 친구들이 모두 모이지 않더라도 그것은 결코 실망할 일이 아니다. 친구들에게도 해야 할 일이 생겼다는 것은 오히려 다행한 일이다. 사실이 그랬다. 어차피 각자의 일을 마치면 친구들은 개미 떼처럼 다시 모일 것이 뻔했다.

중만이 유진 호프에 도착한 것은 그로부터 1시간쯤 지난 후였다. 중만은 테이블에 앉자마자 유진의 얼굴부터 살폈다. 늘 겪어온 일이지만 그래도 조바심이 나는 것은 어쩔 수가 없었다. 아무리 버릇이라 할지라도 사람이 죽겠다는 데야 도리가 없었던 것이었다. 게다가 오늘은 다른 친구들도 참석하지 못했으니 유진의 안색을 살피는 중만의 표정이 더욱 조심스러웠던 것은 그 때문이었다.

"너무 이른 시각 아니냐? 여기 오는데 눈부셔 죽는 줄 알았어. 그러니까 애들이 못 나오잖아. 나야 연애 덕에 대낮의 밝음에 익숙해졌다만 다른 놈들은 무리 아니겠냐. 암 무리지."

농담처럼 말하긴 했으나 그것은 사실이었다. 중만도 그리 큰소리 쳤으나 아직까지도 비 오는 날이 더 좋은 터였다. 친구들은 모두 햇빛이라면 혀를 내둘렀다. 여기서 잠깐. 어째서인가. 그것은 일종의 진화였다. 어두운 곳에 있으면 사물은 더 또렷이 보였고 소리는 보다 생생히 귓가를 후볐으며 냄새는 코앞에서처럼 명확히 감지됐고 두뇌 회전은 보다 빨라졌으니 진화라는 단어 말고는 딱히 어울릴 만한 단어가 없었다. 어둠에 익숙해진 친구들은 때때로 스스로 어둠의 장막을 만들기도 했다. 친구들에게 있어 어두움처럼 달콤한 것은 없었다. 사물을 보다 명확히 분간하려면, 그렇듯 상황을 보다 제대로 파악하려면 암막은 필수였다. 세상이 보여주는 모든 것들이 친구들에게는 스크린에 비친 영상에 다름 아니었으니 어둠은 필수가 아니겠는가.

중만은 어린 시절을 창고에서 보냈다. 나머지 친구들도 그와 비슷했다. 한 녀석은 지하 방만을 전전하며 살았고 또 다른 녀석은 인생의 절반 이상을 건물 지하에서 보냈다. 유진은 어떤가. 유진 다방, 그리고 유진이 언니들과 함께한 방은 밝았던가. 유진 카페도, 지금의 이 유진 호프도 아무래도 햇빛과는 거리가 멀었다.

일단 그렇게 운을 띄운 중만은 본론을 말하는데.

"왜 또, 무슨 일인데?"

"너 찰리의 계획 알지?"

중만의 물음에 유진은 대뜸 찰리의 계획을 들먹이고

나섰다.

"그 말도 안 되는 계획? 알긴 알지."

건성으로 대답한 중만은 이어 담배에 불을 그었다. 그러나 중만은 이내 입에 문 그 담배를 떨어뜨려야 했다.

"나 그거 할까 봐."

유진이 진지했던 것이다. 중만이 놀라 담배까지 떨어뜨린 것은 그 때문이었다. 유진은 아무렇지도 않게 괜한 소리를 내뱉는 녀석이 아니었다. 죽는다면 기어이 죽는 놈 아닌가. 유진의 입 밖으로 무슨 말이 나왔다면 그 말은 이미 머릿속에서 오백 번쯤 되풀이된 후라는 것을 중만은 잘 알고 있었다.

"야 너까지 왜 그래?"

되묻는 중만의 얼굴에는 당황한 빛이 역력했다.

"아냐. 오래 생각해 봤는데, 그건 최선인 거 같아."

유진의 대답에 중만은 어찌 해야 할 줄 몰랐다.

"그 계획 아직……, 완성된 것도 아니야."

중만은 얼버무렸다. 하나 중만은 초조함까지는 감추지 못했다. 유진까지 결정했다면 다음은 자신의 차례인 까닭에서였다.

그러나 중만은 맥주를 네 병이나 비웠음에도 쉽게 결정을 내리지 못했다. 때문에 유진은 중만을 집까지 바래다주어야 했다.

　그날 저녁 집으로 돌아온 유진은 재킷도 벗지 않은 채 바로 찰리에게 전화를 걸었다. 물론 6밀리 전화선은 언제나처럼 유진의 호출을 재빨리 도시의 또 다른 저편으로 전달했다. 하지만 어찌 된 일인지 전화선은 유진에게 통화 중을 알리는 신호음만을 되돌려 줬다. 꽤 늦은 시간까지 계속 번호를 눌러봤으나 찰리는 여전히 통화 중이었다.

　"왜 이렇게 안 받아?"

　유진은 제 홀로 그렇게 내뱉은 다음 침대에 누웠다.

# '나'와 친구들은 어떻게 처음 만났을까

'나'란 것은 대단히 의미심장한 단어다.
한 글자임에도 그 울림은 엄청나서 '무'라든가 '공' 같은 글자에 버금간다.
자기 자신은 물론이거니와 남을 속일 때 이 글자가 애용되는 것은 그 때문이다.
나는 말이지, 나한테 어떻게, 나 원 참, 뭐 이런 식의 용례가 그렇다 할 수 있다.

"살아가는 데 있어 가장 중요한 것은, 글쎄, 다들 그 어떤 것을 최고의 가치로 여기고 살아가겠지만, 아무래도 나는 그것이 대화가 아닐까 하고 생각한다. 흔히들 대화라 하면 한 개인과 개인이 서로 이야기를 나누는 것을 생각하기 쉽겠지만, 물론, 그것도 틀린 이야기는 아니지만, 뭐랄까, 보다 넓은 의미가 있다고 나는 믿는 것이다. 그러니까 대화라는 것에도 여러 가지 종류가 있을 수 있다는 이야기다. 때때로 나는 슈베르트의 피아노 소리와 대화한다. 그렇다고 그렇게 놀랄 것은 없다. 그것은, 누구라도, 어떤 순간에 이르게 되면 할 수 있는 것이다. 요컨대 우리 모두는 커피 잔과 대화할 수도 있고, 떨어지는 나뭇잎과, 자신의 미래와, 나아가 어떤 이데올

로기와도 대화할 수 있다는 것이다. 상대방의 생각을 읽는 것, 교감 같은 것은, 그래서 중요한 것이다. 이제 너희들은 중학생이다. 중학생이라는 것, 어떤 면에서는 새로운 탄생이라고도 할 수 있다. 거창하겠지만 사실이 그렇다. 둘러보라. 모든 것이 새롭지 않은가. 자 이제 고개 숙여 각자 자신의 중요한 부분을 보라. 이제 거기에 털도 돋아날 것이고, 그런 이유로 잠을 자다가도 뜻하지 못한 흥분에 사로잡힐 수도 있겠다. 그래, 중요한 것이 무엇인 줄 알겠나? 하나 그런 순간이 오더라도 결코 당황할 필요는 없다는 것! 앞서 말했지만 새로운 세상이 열리는 것일 뿐이니까, 움츠러들 필요 없다는 것이다. 어떤가, 그런 의미에서 우리는 서로를 잘 알아야 한다. 이제, 바야흐로, 지금 이 순간 이후로, 너희는 나를, 나는 너희를 알게 된 것이다. 이제 둘러보라. 너희가 앉아 있는 자리의 옆에, 앞에, 그리고 뒤에 앉아 있는 친구들을 보라. 그리고 그들과 인사해라. 그들은 너희가 살아가는 데 있어 중요한, 대화의 상대가 될 것이다. 가만히 앉아만 있지 말고, 하고 싶은 말을 해라. 그 친구들은 이미 결정된 것이다. 사실 나는 서울이, 이 도시가 너무나 싫다. 도대체가 친구의 개념이 없기 때문이다. 물론 너희들 대부분은 이 도시에서 태어나 이 도시를 한번도 떠난 적이 없을 것이다. 오륜기 같은 것을 보면서 너희

들은 너희들의 고향이기도 한 이 도시를 자랑스러워했을
지도 모르겠다. 하나 실은 그렇지가 않다. 너희는 진정
고향이 무엇인 줄 아느냐. 너희의 고향은 서울이 아니
다. 너희의 고향은 없는 셈이다. 이 도시는 사람 살 곳
이 되지 못한다. 그런 곳이 어찌 고향이 될 수 있겠나.
그러니 더욱 친구를 소중히 해야 한다는 것이다. 뭐 하
는가? 어서 친구들과 인사하라."
　사내는 거침없었다. 아이들은 도통 눈이 작은 사내의
말을 이해할 수 없었다. 하지만 사내는 자신이 내뱉은
말에 대해 대단히 만족하는 눈치였다. 아이들은 멀건 눈
만 끔벅였다. 하나 놀라운 사실은 아이들이 이내 움직인
것이 아닐까 한다. 그의 막힘없는 행동, 어쩌면 강경했
던 어조가 아이들에게 깊은 인상을 남기기에 충분했던
모양이었다. 아이들은 마술 피리 소리라도 들은 듯 눈이
작은 그 사내의 뜻을 따르고 있었다.
　아이들은 고개 돌려 이어 뒤를 돌아보면서 자신의 옆
에, 그리고 뒤에 앉아 있는 또래 아이들의 얼굴을 확인
해 나갔다. 그때 맨 처음 고개를 돌린 것이 찰리였다.
　"내 이름은 찰리야."
　"호기라고 해."
　"난 유진."
　"조중만이다. 저런 사람이 담임이라니, 깬다 진짜."

우리의 친구들은 그렇게 만났다. 그러한 상황은 어쩌면 눈이 작은 사내의 말처럼 이미 결정되어 있는 것인지도 몰랐다. 그 순간 이후 그들은 정말로 둘도 없는 친구가 되었으니 말이다.

그러나 모순된 사실 하나는 정작 눈이 작은 사내가 아이들의 담임선생이 되지 못한 것이었다. 사내가 막 칠판에 무언가 쓰려는 순간 그보다 덩치가 좋고 그보다 훨씬 어려 보이는 한 청년이 나타났다. 청년은 미닫이였던 교실 문을 소리 나게 열었고 곧바로 눈이 작은 사내를 향해 욕지거리를 퍼부었다. 거침없었다. 아이들로서는 한참 후에야 알게 된 사실이었지만 그 청년이 아이들의 진짜 담임선생이었다. 욕지거리를 내뱉은 진짜 담임선생은 칠판에 무언가 적고 있는 사내의 덜미를 사정없이 낚아챈 후 급히 교실을 빠져나갔다.

그래서 아이들은 아무런 소리도 내지 못한 채 자리만 지키게 됐다. 입학 첫날 누가 이런 일을 예상했겠는가. 어찌 됐든 그날도 아이들은 속았던 게다. 그렇게 도무지 상황을 파악하지 못한 아이들은 그래서 눈이 작은 사내가 적어놓은 칠판의 글씨만을 계속해서 바라봤으니, 사내가 칠판에 남긴 글자가 단 한 자였던 게다.

'나'

"뭐야? 나 씨란 얘긴가?"

"뭔가 문장을 쓰려 했던 건 아닐까?"

찰리의 혼잣말에 유진이 대꾸했다.

'나'라고 불리게 된 사내는 그 이후에도 종종 학교를 찾았다. 사내는 술병을 손에 든 채 운동장 벤치에 앉아 알 수 없는 주문을 외웠고 '나는 개 같은 서울을 저주한다.'는 내용의 자작 유인물을 돌리기도 했다. 사내는 아무것도 걸치지 않은 채로 나타나 여학생 화장실에서 음악실까지, 그 먼 거리를 거침없이 달리기도 했으며 애국 조회 시간에 슬머시 연단 앞으로 나와 마이크를 휘어잡고 조용필의 「친구여」를 맛깔 나게 부르기도 했다.

그때마다 쏜살같이 달려가 그의 목덜미를 낚아챈 사람은 다름 아닌 친구들의 담임선생이었으니 하필 그가 학생 주임이었던 게다.

눈이 작은 사내는 그해 사월, 월남전 용사, 학교 선배, 생체 실험 대상 등등의 숱한 닉네임과 소문만을 남기고 학교에서 완전히 자취를 감췄다. 정신 이상자거나 미친 놈으로 통했던 사내는 차츰 아이들의 기억 저편으로 사라졌지만 우리의 친구들은 때때로 그를 기억했으니 그들이 정말로 친구가 되어버렸기 때문이었다. 적어도 그는 친구들에게만큼은 거짓말을 하지 않았던 것이다.

그리하여 우리의 친구들은 이후로도 오랜 시간 동안 수많은 대화를 나눌 수 있게 됐다. 그런 이유로 친구들

에게 '나'는 옛 추억이었으니 그것은 친구들 고향의 또
다른 이름이 될 수 있었다.

# 찰리(察理) : 살펴 다스리다



최근 들어 찰리에게는 자기 스스로도 알지 못하는 먼 옛날에 대한 기억을 떠올리는 일이 잦아졌다. 그것은 기억이라기보다는 상상에 가까웠지만 적어도 찰리에게 그 모든 것들은 사실 그 자체였다. 찰리는 그렇게 자신의 지난날을 곱씹는 것을 즐기고 있었다. 찰리의 먼 옛날에 대한 기억들은 하나같이 눈앞에 펼쳐지는 듯 명확했기 때문에 찰리로서는 녹화된 비디오테이프를 보는 것처럼 편안히 감상만 하면 그만이어서 담배와 감자칩, 시원한 콜라가 없다 할지라도 즐거운 일이 아닐 수 없었다. 앨범에 차곡차곡 정리된 어릴 적 사진을 보면서 즐겁지 않은 사람 없는 법 아닌가. 그것이 행여 넘어져 피투성이가 된 사진이라 할지라도 말이다.

너무 많은 것이 한꺼번에 기억난다는 것은 분명 곤욕이었다. 대체 이 많은 기억들이, 그것도 생생히 떠오르는 것은 무슨 까닭일까. 찰리는 그것이 몹시나 궁금했다. 그러나 이내 찰리는 그 모든 것을 순순히 받아들이기에 이르는데 여기 속고만 살아온 또 한 명의 젊은 영혼이 있으니 그의 이름이 찰리다.

찰리의 기억은 과연 사실일까. 일단, 그렇다는 사실을 접고 시작하자. 찰리의 기억들은 모두가 사실이었다. 중요한 것은 적어도 찰리에게는 그랬다는 것이 아닐까 한다. 그렇다면 그것은 모두에게, 심지어 이 글을 읽고 있는 당신에게조차 사실로 여겨질 수밖에 없는 것은 아니겠는가. 대체 그것이 실제인지 아닌지 누가 알 수 있단 말인가. 어차피 세상은 찰리가 세상에 나오던 순간부터 찰리를 속여만 왔다. 따라서 찰리가 믿을 만한 것은 별로 없다는 것.

그것이야말로, 아니, 그 모두가, 찰리의 생각이었다.

그날 밤 찰리가 유진의 전화를 받지 못한 것은 호기와의 통화 때문이었다.


"아무래도 위험합니다. 수술이 불가피해요."

의사의 표정은 더없이 진지했다.

진찰실을 나서는 여인의 표정은 어두웠다. 여인의 머

릿속은 복잡했다. 그러나 의사는 여인의 마음을 헤아리지 못했다.

"빨리 결정하셔야 합니다."

의사는 지극히 사무적인 말투로 여인을 다그쳤다.

"산모도 아이도 위험하다니까……, 남편 분과 상의하시는 게 좋겠어요."

여인을 재촉하기는 간호사도 마찬가지였다. 간호사는 약을 타고 돌아서는 여인의 움츠러든 등에 대고 그렇게 말했다.

간호사는 여인에게 상의할 남편이 없다는 것을 알지 못했다. 의사가 일러준 결정은 온전히 여인의 몫이었다. 여인의 남편은 그녀와 너무도 멀리 떨어져 있었다.

하지만 여인은 오래 생각하지 않았다. 약을 타고 돌아선 이후로 여인은 주문을 외우듯 자기 자신에게, 그리고 뱃속의 아이에게 속삭이고 있었다. 후회하지 말자. 무슨 일이 있어도. 후회하지 말자. 무슨 일이 있어도.

여인이 다시 병원을 찾은 것은 그날로부터 꼭 6개월이 지난 후였다.


그날, 병원 구석에 위치한 응급실은 조용하기만 했다.

의사는 있는 힘껏 다리를 벌린 채 침대에 누워 있는 여인의 그곳을 매섭게 노려보고 있을 뿐 말이 없었고 곁에 서 있던 간호사도 이따금씩 자신의 얼굴을 매만졌을 뿐 침묵한 채여서 응급실 안은 예배가 끝난 교회당 같았다. 다리를 있는 힘껏 벌리고 있는 여인은 말할 것도 없이, 의사도 간호사도 아이만을 기다렸으니 여인이 거친 숨소리를 내기 시작한 것은 악문 여인의 입술에서 끝내 붉은 피가 배어나온 이후부터였던 게다.

회색의 응급실 벽 너머, 그 작은 병원의 복도 역시 조용하기는 마찬가지였다. 변두리 병원은, 더군다나 이른 시간의 병원 복도는 한적하기 이를 데 없어서 복도를 가득 메우고 있는 것이라고는 무관심과도 같은 침묵의 공기뿐이었으니 어찌 고요하지 않을 수 있겠는가. 이따금씩 응급실에서 새어나오는 거친 숨소리가 그 공기를 밀어내려 하긴 했지만 그 침묵의 공기는 좀처럼 움직일 줄 몰랐다.

복도에는 모두 세 명이 있었다.

병원 청소를 도맡아 하고 있는 중년 사내와 이곳으로 이사 온 지 얼마 되지 않은 노부부가 그들이었다. 중년 사내는 언제나처럼 쪼그려 앉아 쇠자로 바닥에 붙은 껌을 긁어대고 있었고 그날 의사를 만나기로 한 노부부는 중년과는 한참 떨어진 쪽에서 벽을 손으로 쓰다듬어 가면서 건물 전체를 찬찬히 살피고 있었다. 그들은 응급실 안 상황에 대해 무심했다. 그들은 묵묵히 자신들의 일에만 매달렸다.

지나칠 만큼 고요했던 그날, 병원의 분위기를 바꾼 것은, 그 침묵의 공기를 밀어낸 것은 갓 난 찰리였다.

간호사는 찰리의 엉덩이를 매섭게 내리쳤고 갓 난 그리고 따뜻한, 또한 피처럼 붉은 찰리는 그 침묵의 공기를 밀어내며 호흡할 수 있었다.

찰리는 울고 있었다.

이제 찰리의 엄마가 된 여인은 안도의 숨을 크게 내쉬었다. 그리고 여인은 그제야 애써 참았던 비명을 토했다. 그러나 그 소리는 이내 찰리의 울음소리에 묻혔다. 때문에 아무도 들을 수 없었다. 찰리의 울음소리는 고요한 복도를 따라, 좁고 어두운 비상구를 따라 건물 전체로 퍼져나갔으니 여인의 결정은 옳았던 게다.

찰리의 울음소리에 중년 사내는 껌 떼는 일을 멈추고 고개 들어 응급실 문을 바라봤고 찰리의 울음소리를 들은 노부부는 어찌 된 일인지 옛일을 떠올리게 됐다. 노부부는 복도 벽을 쓰다듬는 일을 잠시 멈추고 조용히 미소 지었다. 물론 그것, 사내가 껌 떼는 일을 멈춘 것과 노부부가 순간적으로 자신들의 옛일을 기억해 낸 것, 이 갓 난 찰리와 어떤 상관이 있었는지는 정확히 알 수 없다. 여하튼, 찰리는 그렇게 태어났다는 것이 중요하지 않겠는가.

그렇다. 사실 중요한 것은 이것이 아닐까 한다. 누가 이러한 일들을, 이렇게 종합적으로 다 기억할 수 있단 말인가. 그러나, 어찌 된 일인지 찰리의 눈앞에는 이 모든 광경이 생생했다. 언제부턴가 찰리의 기억력은 엄청나게 좋아진 것이다.

찰리는 호기에게 거기까지만 일러주었다. 수화기 너머 호기는 묵묵히 찰리의 이야기를 듣고 있었다.
"대충 알겠니? 이게 다 기억난다고."
찰리의 말에 호기는 여전히 아무런 대꾸가 없었다. 하나 찰리에게는 그것이 문제되지 않았다. 어차피 찰리는 애초부터 호기의 반응 따위 아무려나 좋다고 생각하고 있었다. 찰리는 그저 자신이 기억해 낸 것들을 호기에게 알려주고 싶을 뿐이었다. 그러나 내심 호기의 반응이 궁금했던 것도 사실이었다.
"소설 쓰냐?"
기대했던 호기의 반응은 그렇게나 짧았다.
"뭐가?"
"그렇잖아. 그러니까 니네 엄마가 의사의 권고를 뿌리치고, 애써 너를 낳았다, 뭐 그거 아니냐고. 그럼 그렇게 말하면 되지, 암만 우리가 할 일이 없기로서니, 너랑 나랑, 무슨 연애하는 것도 아니고, 새벽 두시에 이게 뭔

짓거리야. 침묵의 공기가 어떻고 피처럼 붉은 찰리 어쩌고 하는 건……, 내 참, 그런 말 하면 안 쪽팔리냐? 어떻게 지 입으로 그런 소리를, 엄마한테 여인이 뭐야 여인이. 소설을 써 아주. 나는 친구야 있잖아, 소설도 그딴 식인 건 잘 안 읽어. 괜히 분위기 잡고, 뭐 어려운 말 하는 그런 거.”

호기의 말에 찰리는 낙담했다.

“그게 아니라. 정말 다 기억이 나니까, 그 느낌을 너한테 보다 사실적으로다 들려주고 싶어 그런 거잖아. 그리고 내 말이 뭐가 어렵냐?”

“어쨌든, 일단 말이 안 되잖아 새끼야. 기억이 났다 쳐도, 복도에 그 사람들이 있었다는 걸 어떻게 알아? 난 지 일 분 된 놈이. 아 진짜 언짢아지려고 한다, 친구야. 지금 이걸 끊고 일하고 일하고 구를 눌러라.”

“그래서 안 들을 거야?”

“아니, 해봐.”

“싫어.”

“해봐, 씨발, 전화기 뜨거워 죽겠네. 핸즈 프리를 사든가 해야지.”

호기는 볼멘소리를 늘어놓았지만 찰리의 이야기가 더 듣고 싶은 것만큼은 진심이었다. 그리하여 찰리의 이야기는 계속되는데.

　찰리는 이문동 삼거리 산호 산부인과에서 태어났다. 하지만 찰리가 태어난 그 산호 산부인과 건물은 안타깝게도 더 이상 볼 수가 없다. 그 건물은 이미 28년 전에 사라졌다. 그 자그마한 3층 건물은 찰리가 태어나던 순간 병원에 들렀던 노부부에게로 넘겨진 것이다.

　노부부는 이문동, 이라는 이름의 조그만 동네로 이사 오기 전부터 자신들의 남은 인생과 맞바꿀 만한 건물을 고르고 있었다. 비싸지는 않더라도 작지 않은, 아늑하진 않더라도 마음만큼은 편안한, 노부부에게는 그러한 건물이 필요했다. 그리고 노부부는 찰리가 태어난 그 건물을 선택했다.

　찰리가 태어났던 그날은 노부부가 공동 명의로 그 건물을 구입한 날이기도 했다. 찰리의 엄마가 갓 난 찰리와 함께 병원 침대에 누워, 그들 모자가 처음으로 달콤한 잠에 빠져든 순간 노부부는 삼거리 근처 태양 중개소의 지저분한 소파 위에 앉아, 배달된 다방 커피를 홀짝이고 있었다. 노부부는 계약과 관련된 여러 가지 내용이 적힌 문서를 세심히 살펴 읽었고 끝내 도장을 찍었다. 그간 농사짓는 일 외에는 아무것도 모르고 살아온 노부부였지만 그 누런 갱지 한 쪽이 자신들의 인생을 바꿔놓을 것이라는 것은 잘 알고 있었기 때문에 그들은 숙연한 자세로 그 모든 일을 치러낼 수 있었다.

　노부부 고향 땅에 있는 노부부 소유의 논과 밭 그리고 작은 야산을 가차 없이 가로지르는, 희망찬 21세기를 위한 고속도로를 만들겠다는 나라님의 계획을 처음 들었을 때만 해도 자신들이 이처럼 서울로 오게 될 줄 몰랐다. 그러나 그것은 이내 현실이 됐다. 그들에게 서울이란 자식들이 있는 곳이었을 뿐 다른 의미가 없었건만 도장을 찍음과 동시에 상황은 달라진 것이었다. 노부부의 그러한 결정은 그들 남은 인생의 전환점이기에 충분했다. 중개소를 나오면서 살며시 손을 부여잡은 노부부가 다시 한번 건물을 올려다보다 끝내 뜨거운 감격의 눈물을 흘린 것은 사실 그 때문이었다.

　건물을 구입한 노부부는 건물 외관에 공을 들이는 것에만 관심이 있었을 뿐 찰리에게 이렇다 할 말을 하거나 하지는 않았다. 이를테면 네가 태어난 그 역사적인 건물을 우리가 구입했단다 따위의. 아니, 노부부는 찰리란 꼬마 아이가 서울 하늘 아래 살고 있다는 사실조차 몰랐다. 어쩌면 노부부는 찰리라는 제법 경쾌한 그 발음조차 제대로 못했을지도 모른다.

　노부부는 자신들이 새로 지을 건물이 화려하면서도 장중한 분위기를 냈으면 좋겠다고 오랫동안 생각해 왔다. 강조컨대 노부부는 그 건물이 자신들의 인생과 맞바꾼다는 것을 잘 알고 있었던 까닭에서다. 노부부는 설계

사무소 직원에게 자신들의 그러한 생각을 몇 번이고 거듭해 이야기했고 노부부의 그러한 미적 취향 덕분에 찰리가 태어난 그 산호 산부인과 건물은 당시로서는 드물게 붉은, 그것도 번쩍이는 타일을 바른 꽤나 멋들어진 건물로 탈바꿈했다.

그리하여 3층이었던 건물은 6층이 됐다.

노부부에게 있어 그 건물은 삶의 결승점이 되기에 충분했다. 보통의 결승점이 아니라 이건 아주 종지부였다. 노부부는 건물이 완성되던 날 정말 골인이라는 것을 하고 말았다. 새 건물의 화려한 개관일에 노부부는 조용히 그리고 나란히 숨을 거두었다. 그날은 노부부가 손을 잡고 뜨거운 감격의 눈물을 흘린 지 꼬박 3년째 되는 날이었다.

그리하여 노부부에게 있어 그 건물은 불꽃놀이 같은 것이 되고 말았다. 펑 하고 터져 출발, 하늘로 오르는가 싶더니 그만 끝. 허망하게도 사라져버린 것이었다.

하나 정말 중요한 것은 이것이 아닐까 한다. 자신의 삶이 다하던 순간 노부부는 서울이라는 이름의 도시를 저주했다는 것. 이후의 일이지만 노부부를 아는 많은 사람들의 생각도 그와 다르지 않았다.

"고향에 등 돌렸으니 죽은겨."

사람들은 그렇게 말하며 혀를 찼다.

이번에는 호기가 먼저 찰리의 이야기를 잘랐다.

"죽었어?"

"어 죽었어."

찰리는 호기의 물음에 짧게 대답했다.

"것 봐, 말이 안 되잖아. 그걸 네가 어떻게 알아? 결국 기억이 아니라 상상이야. 아니면 어디서 주워들은 이야기들을 네 맘대로 엮고 있는 거라고 지금. 어쨌든 그나마 표현은 좀 나아진 것 같아."

호기는 그렇게 말했다. 그러나 사실 호기는 다른 것을 떠올리고 있었다. 찰리는 어째서 저따위 이야기를 하는 것일까. 저 이야기의 시작은 대체 어디서부터일까. 저러한 생각이 찰리의 계획과 관계가 있는 것은 아닐까. 대충 그런 것들이었다. 그렇게 호기가 잠시 생각에 빠져 있었을 때 찰리는 다시 조용히 호기의 이름을 부르는데.

"호기야."

"응?"

"내가 너한테 거짓말한 적 있어?"

"없어."

"끝까지 들어줄래?"

"어."

호기는 자기 자신이 무력해지고 있는 것을 느꼈다. 무엇인지는 모르겠지만 찰리의 이야기 속에는 필히 무언가 있을 것만 같아서였다.

새 건물의 개관일, 우연의 일치지만 그곳에는 찰리와 찰리 엄마도 있었다. 물론 가슴에 꽃을 달고 노부부에게 축하의 악수를 건넨 것은 아니었다. 찰리와 찰리 엄마는 그야말로 우연히 그 건물 앞을 지나고 있을 뿐이었다. 이문동은 그리 넓지 않으니까 충분히 있을 수 있는 일이다. 찰리와 찰리 엄마는 새 옷을 사고 돌아오는 길이었다.

그날 찰리에게 털 바지를 사준 찰리 엄마는 아주 기분이 좋았기 때문에 자연히 걸음도 빨랐을 터, 엄마의 뒤를 졸졸 따르던 찰리가 넘어진 것은 문제의 그 경쾌함 때문이었다. 찰리는 다른 아이들보다 걸음마를 빨리 익힌 편이었지만 160센티미터도 넘는 큰 키의 엄마 걸음을, 그것도 경쾌한 걸음을 따라가기에는 여러모로 역부족이었다.

결론부터 말하자면 찰리는 노부부와 동시에 쓰러졌다는 것. 하지만 그 사실을 눈치 챈 사람은 오직 찰리뿐이라는 것이다. 다른 사람들 눈에 두 사건은 별개의 일이었으니 그도 그럴 법했다. 많은 사람들이 보기에 찰리는 찰리대로 노부부는 노부부대로 쓰러진 것이었다. 그 광경을 동시에 보기란 아무래도 힘들지 않겠는가. 서울이 얼마나 번잡한 곳인데. 이문동도 명색이 서울인데 말이다.

　물론 큰 이목을 끈 쪽은 노부부였다. 부부가 손을 잡고 바닥에 쓰러지는 것도 흔한 일은 아니어서 사람들의 관심은 대부분 그쪽에 쏠렸다. 그러나 찰리와 찰리 엄마는 그 동요에 동참하지 않았으니 앞서 말했지만 찰리도 쓰러졌기 때문이었다. 찰리 엄마에게 중요한 것은 넘어진 찰리를 일으키는 일이었다.

　노부부야 어찌 됐든 찰리 엄마는 넘어진 찰리를 나무라는 일에만 열중했다. 새로 산 털 바지에 손가락만 한 구멍이 난 것은 결단코 찰리의 책임이 아니었지만 찰리는 혼이 나야 했다. 찰리 엄마는 저 옛날 간호사가 그랬듯 찰리의 엉덩이를 두들겼고 아픔과 억울함을 견디지 못한 찰리는 다시 뜨거운 눈물을 흘렸으니, 물론 그것은 노부부와는 아무런 상관이 없었다. 또한 찰리는 자신이 넘어지던 그 순간 자신의 고향인 서울이라는 이름의 도시를 저주하지도 않았다. 아니 조금의 원망도 없었던 게다.

　노부부는 건물을 조금이라도 더 차지하고픈 열성적인 자식들에 의해 재빨리 구급차에 실렸고 어린 찰리는 엄마 손에 이끌려 다시 시장의 옷 가게로 향했다. 찰리 엄마는 옷 가게 주인에게 다짜고짜 이따위 불량품을 팔면 어떻게 하냐고 소리치고는 끝내 구멍이 난 바지를 새것으로 바꾸었다. 그 덕에 찰리는 10분도 되지 않아 빨간

색 털 바지를 입게 됐다.

돌아오는 길, 다시 건물 앞을 지나치면서 어린 찰리는
엄마에게 물었다.

"그 할아버지 죽었어?"

"사람은 누구나 죽어."

찰리 엄마는 찰리가 말하는 그 할아버지가 누구인지
몰랐으나 그저 귀찮았기 때문에 지극히 상식적인 대답을
했다.


찰리는 다시 말을 멈췄다. 찰리는 호기에게 거기까지
만 설명했다.

"그때 엄마는 사람은 누구나 다 죽어, 라고 말했어.
또 고향에 등을 돌렸기 때문에 죽었다는 말은 그때 노부
부 주위에 서 있던 어떤 사람이 한 말이야. 아마도 친척
이었겠지."

"그게 다 생각난단 말이야?"

"응. 생생해."

"그래도 문제는 많아. 당시 사람들 기분까지 니가 기
억해 낸다는 건 말이 안 돼. 그런 걸 어떻게 알아?"

"그건……."

"음, 소설이야."

"아냐."

“소설이 맞아. 그런데 너 소질이 없다.”

“그런 건, 나중에야 안 사실들이라니까. 단순히 말만 갖고 꼬투리 잡는 건 곤란해.”

찰리의 말을 듣고 보니 그도 그럴 법해서 어느새 호기는 저도 모르게 고개를 끄덕였다.

“아무튼 대단하다. 그런 게 다 생각난다니.”

“생각이 나지 않는 부분은 실제 그 장소에 가보든가 해서 보충해 넣는 거야.”

“그러니까 모든 게 다 기억난단 말이지?”

“어.”

호기의 물음에 찰리는 단호히 대답했다.

그것은 사실이었다. 하지만 호기의 목소리는 여전히 도무지 믿을 수 없다는 투였다. 하나 최종적으로 호기는 찰리의 말을 믿기로 했다. 무엇보다 그게 친구 아닌가. 뭔가 따지고 싶었지만 그런 말을 꺼내지 않기로 했던 게다. 어차피 호기에게는 그것이 중요하지 않았다. 친구의 말을 꼬치꼬치 따지는 것은 호기의 성격과 거리가 멀었거니와, 또 하나 뜨거워진 수화기도 더 이상 견디기 어려웠기 때문이었으니 계속 통화하다가는 귀가 데일지도 몰랐다.

호기는 조금 쉬고 싶었다.

“좋아, 믿어줄게. 그래도 포인트가 없어. 그게 어쨌다는 건데?"

그것만큼은 궁금했기 때문에 호기는 묻지 않을 수 없었다. 찰리의 기억이 사실이든 사실이 아니든 간에 어째서 찰리가 그런 생각에 빠져 있는지는 역시 친구로서 알아야 할 필요가 있었다. 그간 어쩌면 일종의 심리적인 병이 아닐까 하고 의심했던 것도 사실이었으니 묻지 않을 수 없었던 것이다.

그러나 찰리는 대답하지 않았고 오히려 호기에게 되물었다.

"왜 자꾸 이런 것들이 기억날까?"

그 순간, 찰리의 목소리에는 서글픔이 서려 있었다. 찰리는 지금 전혀 즐겁지 않은 기억이 떠오르는 사람처럼, 그래서 괴로운 것처럼 말하고 있었다.

"글쎄, 나중에 모여서 상의해 보자. 어쨌든 여러 가지로 힘들겠다. 계획 짜랴, 옛 생각 하랴."

호기는 머릿속이 어지러워지는 것을 느꼈다. 그래서 호기는 찰리에게 그렇게 대꾸했다.

그랬다. 찰리는 며칠 동안 옛 기억에 치여 시간을 보냈다. 무엇보다 중요한 것이 계획임에도 불구하고 말이다. 하지만 그 기억이 찰리가 세우고 있는 계획의 발목을 잡은 것만도 아니었으니 아무래도 좋았다. 오히려 그 기억들은 찰리의 계획에 있어 중요한 작용을 했으니, 이를테면 보다 치밀해질 수 있었다고나 할까.

찰리는 잠시 그런 것들을 생각한 다음 말을 이었다.

"걱정할 필요는 없어. 사실, 플랜 에프도 완성됐거든. 뭐 아직 완벽한 건 아니지만, 들어볼래?"

"아니, 내일 듣자. 뜨거워 죽을 것 같아. 그리고 보면 중만이 놈 대단해."

"왜?"

"예전에 현숙이랑 열일곱 시간 통화한 적 있대. 뜨거워서 어떻게 견뎠을까? 그게 인간이냐?"

호기는 애써 말을 돌렸다.

"무슨 얘기를 그렇게 오래 했대?"

"몰라, 성경책이라도 읽어줬나 보지. 불타는 사랑 아니냐. 야 진짜 끊자. 어차피 내일 만날 거잖아. 자라 그만."

그렇게 말하며 전화를 끊긴 했지만 호기는, 그리고 찰리는 잠들 수 없었다.

호기도 찰리도 밤이 가져다주는 어둠에 취해 온갖 것들을 생각하느라 침대에 눕지 못한 것이었으니 어느덧 날은 밝아왔던 게다.


찰리의 엉덩이를 두들겼던 간호사, 양 볼에 심한 피부 트러블을 앓고 있었던 그 처녀는 어떻게 되었을까? 그녀는 건물의 주인이 바뀌자마자 서울을 떠났다. 그 이후론 어찌 됐는지 알 수가 없다. 하지만 발갛고 조그마한 찰리를 최초로 받아낸 정산호란 이름의 의사는 여전히 서울에 살고 있어 대충이나마 소식을 알 수 있는데. 예전과 마찬가지로 여전히 이틀에 한번씩 꼬박꼬박 자신의 머리를 직접 염색하는 의사는 그 건물이 노부부에게 넘어가던 바로 그날 신사동 사거리에 온전히 자신의 이름으로 된 새 병원 건물을 구입했다 한다. 정산호란 이름의 의사는 이제는 원장이 된지라 썩 많은 일을 하지는 않지만 그곳에서도 여전히 발갛고 조그마한 아이들을 하루에 다섯 혹은 여섯 명씩은 받아내고 있다는데, 물론 그중 하나 혹은 둘쯤 죽은 아이일 경우도 있지만 의사는 그 역시 자신의 일이라 여겼으므로 그다지 개의치 않는다고 한다.

쇠자로 건물 바닥에 붙은 껌을 떼어내던 중년은 노인이 됐다. 동네 아이들이 그를 부를 때 하나같이 할아버지라는 호칭을 사용하니 노인이라 부르는 것도 무리는 아닐 게다. 아무튼 노인 역시 서울을 떠나지 않았다. 노인은 여전히 그 건물 안에서 자신의 삶을 다하고 있다. 하지만 더 이상 껌을 떼는 것 같은 힘든 일은 할 수가 없어서 다른 일을 찾은 지 꽤 오래다. 20년 이상 열심히 껌을 떼고 시트를 빨고 화장실 벽에 붙은 타일에 광을

냈던 노인은 자신의 소유로 된 자판기를 네 대나 갖지 않았나. 노인은 그 자판기들과 함께 시간을 보낸다고 한다. 세 대의 자판기는 노인에게 자식 이상의 대상이어서 노인은 자판기의 버튼을, 특히나 반환 버튼을 공들여 닦았으면서, 또 자판기에게 자신의 지난날을 이야기하면서 하루를 보낸다는 게다.

찰리가 이 모든 것들까지 기억해 냈다면 당신은 믿을 수 있겠는가. 하나 믿지 않아도 상관없다. 찰리는 이미 그 모든 사실을 알고 있었으니, 애써 떠올리면 그들의 사는 모습까지 그렇게 펼쳐졌던 게다.

그 밤 찰리는 생각했다. 의사도 노인도, 물론 간호사까지 모두가 같구나. 그들은 모두 서울에서의 삶이란 것에 완벽히 적응한 게구나, 하고 말이다.


다음 날, 눈을 뜨자마자 찰리는 엄마에게 물었다.
"나 어디서 태어났어?"
찰리의 질문에 찰리 엄마는 그 건물 3층의 창가 쪽 맨 끝 방이라고 대답했다. 찰리의 예상대로였다.
"확실해?"
찰리가 되물었기 때문에 엄마는 지난날을 다시금 되짚지 않을 수 없었다.
"그래. 맞아. 3층 창가 맨 끝 방. 의사는 머리가 엄청

검었고, 간호사는 볼에 뭐가 막 난 여자였어."

하지만 엄마의 기억은 늘 변하곤 해서 찰리가 태어난 곳은 2층이었다가 때로는 터무니없이 5층이 되기도 했고, 엄마 그 병원은 3층짜리였다고요, 라는 찰리의 말에 다시 3층이 되곤 했었다. 하지만 찰리 엄마는 쐐기를 박았다.

"그게 뭐가 그리 중요하니? 네 고향은 서울이니까, 그거면 됐잖아."

그랬다. 엄마의 말은 옳았다. 그래서 찰리는 엄마의 기억력을 테스트하려 했던 자신의 행동이 어리석었음을 깨달을 수 있었다. 어찌 됐든 엄마는 그럭저럭 기억하고 있지 않은가. 찰리는 자신의 엉덩이를 두들긴 간호사나 정산호라는 의사의 현재 모습 같은 것을 엄마에게 말해 주고 싶었으나 그렇게 하지는 않았다. 엄마는 믿고 안 믿고를 떠나 별로 궁금해하지 않을 것이 뻔했다.

"내가 그 의사, 간호사 말 들었으면 우리 찰리 이렇게 보지도 못했을 거야."

문득 찰리 엄마는 찰리에게 그렇게 말하며 미소 지었다.


집을 나선 찰리는 어렵지 않게 이문동 삼거리 붉은 타일 건물을 찾아낼 수 있었다.

건물은 여전히 아름다운 붉은빛을 뿜어내고 있었다. 그러나 찰리는 그 건물 3층의 창가 맨 끝 방으로 들어설 수 없었다. 3층은 달라져 있었던 것이다. 그곳은 네일아트센터였다. 예전의 모습을 찾을 수 없었다. 찰리는 그것이 서글펐다.

찰리가 그곳, 네일아트센터의 번쩍이는 유리문 밖에 서 있었을 때 유리문 안쪽에는 수많은 여인들이 부산히 움직이는 중이었다. 몇 명의 여인들은 눈을 가린 채 검정 인조 가죽 카우치에 누워 있었고 의자에 앉은 다른 여인들은 자신의 붉은 손톱을 호호 불어대고 있었다. 작은 유리문 틈새로 슈베르트 피아노 선율도 흘러나왔다.

찰리는 문 앞에 서서 오랫동안 망설였지만 끝내는 걸음을 돌렸다. 그리하여 고개를 숙이고 계단을 내려온 찰리는 건물 앞 포장마차 앞에 서서, 언제나 그렇듯 막대기처럼 우뚝 서서 묵묵히 부산 오뎅 세 개를 사 먹었으니 찰리는 포장마차 주인아주머니에게 천 원짜리 지폐 두 장을 건네며 물었던 게다.

"이게 정말 부산에서 태어난 오뎅입니까?"

아주머니는 낡은 앞치마에 손을 훔친 후 묵묵히 오백 원짜리 동전을 거스름돈으로 건넬 뿐 찰리의 물음에는 대꾸도 하지 않았다.

찰리는 말이란 것을 배운 이후로 줄곧 질문에 시달려야 했다.

"뭐? 진짜 이름이 찰리야?"

"미국서 왔니?"

"그럼 여동생은 제인이니?"

질문의 대부분은 이런 식이었기 때문에 찰리는 늘 대답을 준비해 두어야 했다.

어린 찰리는 늘 자신의 아버지가 가르쳐준 대로 대답했다.

"그렇지 않습니다. 찰리(察理)입니다. 한자입니다. 살펴 다스린다는 뜻의 멋진 이름입니다. 저희 집안은 이 자(字) 돌림입니다. 형제는 없지만 사촌들의 이름은 영리, 진리입니다."

그렇게 말하긴 했으나 그렇다 해서 새삼스레 자신의 이름이 좋아질 리는 없었다. 찰리는 자신의 이름이 정말이지 싫었다. 차라리 미국식 찰리였으면. 그런 생각만 했다.

사람들은 언제나 찰리보다 찰리의 이름에 대해 더 궁금해했고 그만큼 그의 이름을 좀처럼 잊지도 않았다. 학교에서 선생의 질문 공세를 한 몸에 받는 것은 언제나 찰리였고 심부름도 대부분 도맡았다. 찰리는 영민한 아이였지만 그럴 때면 입을 꾹 다문 채 막대기처럼 서 있었다. 막대기 버릇은 그때부터 시작된 것이었다.

　아들이 싫다는데 가만있을 찰리 엄마가 아니어서 사실 꽤 오래전에 찰리 엄마는 아들의 이름을 바꾸어주려 했었다. 하나 이름을 바꾸려면 절차가 꽤 복잡하다는 사실을 그때까지 찰리 엄마는 모르고 있었으니, 그녀가 가장 낙담한 부분은 다름 아닌 법원의 요구였다. 법원은 찰리 엄마에게 퍽이나 당당히 요구했다. 왜 아이의 이름을 바꿔주고 싶은지, 그 이름 때문에 어떠한 곤란을 겪었는지에 관한 긴 장문을 써 오라는 것이었다. 작문은커녕 맞춤법도 확실히 모르는 찰리 엄마가 당황한 것은 당연했다. 그래서 찰리 엄마는 그 종이를 그냥 찰리에게 건넸는데.

　찰리는 책상 앞에 앉아 자신의 이름에 대해 생각했다. 찰리는 오랜 생각 끝에 어렵사리 한 문장을 만들 수 있었다. 이름이 꼭 외국 사람 같습니다. 끝. 그랬다. 잘 썼다. 하지만 진짜 끝이었다. 한 줄이 고작이었다. 찰리는 그 문장을 써놓고는 연필만 물어뜯었다. 그날 저녁까지 연필을 절반 이상 씹어 삼킨 찰리는 애써 적어놓은 그 문장마저 지우고 나서는 끝내 종이를 구겨 쥐었다. 찰리는 주먹을 꼭 쥔 채 울다 잠들었다. 그리하여 찰리는 꿈속에서나마 양껏 자신의 이름을 저주할 수 있었던 게다.

그러나 상황은 이내 달라졌으니 성장이란 또 그런 것 아닌가. 중학생이 된 이후 찰리는 자신의 이름을 순순히 받아들이기 시작했다. 아니 오히려 자신의 이름을 자랑스럽게 여기기 시작했다. 난 찰리다. 정말 자랑스럽다. 찰리기 때문이다. 그런 식이었다.

그 배경에 유진과 호기 그리고 중만이 있었다. 친구들은 또래 아이들과 달랐던 것이다. 친구들은 모두 이름에서 가장 중요한 것이 글자 하나하나의 뜻임을 잘 알고 있었다. 특히나 유진이 그랬다. 이름은 중요한 것이라고. 물론 대다수의 아이들은 이름이 이상한 녀석들만 몰려다니는 것을, 그리고 그들이 스스로 자신의 이름을 자랑스럽게 여기고 있다는 것을 우습게 여겼다. 별스럽게 받아들였다. 하지만 정작 찰리, 유진, 호기, 그리고 중만의 생각은 달랐다. 그들에게는 오히려 다른 아이들의 별 볼일 없는 이름, 이를테면 정희, 두환, 태우 따위의 이름들이 정말이지 시시하게만 여겨졌던 것이다.

"난 깨우칠 유(喩) 자에 전진할 때의 진(進) 자를 써. 우리 할아버지가 지어준 이름이야. 크게 깨우쳐 앞으로 나아간다는 뜻이야. 우리 할머니는 할아버지가 죽던 날을 잊지 못한대. 그때 우리 할아버지가 그랬대. 사람의 이름은 인생을 결정한다고. 이미 선택되어서 나오는 거라고. 그러니 소중하게 여겨야 한다는 거야. 믿어도 좋

아. 최소한 죽으면서까지 거짓말을 하는 사람은 없어.”

언젠가 찰리와 함께 교내 사육장의 토끼우리 당번을 맡게 된 유진은 유난히 새빨간 눈의 토끼를 바라보며 찰리에게 그렇게 말했다.

법원 사건 이후 찰리 못지않게 낙담한 찰리 엄마 역시 점집에 다녀와 그와 비슷한 이야기를 찰리에게 들려주었다. 찰리 엄마는 찰리에게 삶은 옥수수가 가득 담긴 소쿠리를 건네며 찰리에게 점집에서 들은 이야기를 차근차근 해주었다. 찰리는 옥수수 알갱이를 씹으며 차곡차곡 그 이야기를 마음에 주워 담았다.

“찰리야, 살피고 다스린다는 것이 얼마나 훌륭하고 넓고 깊은 뜻인지는 잘 알지?”

“예.”

“정말 네가 그쪽에 소질도 있단다. 이름을 바꾸면 오히려 좋지 않대.”

“예. 알아요. 제 이름 그렇게 나쁘지 않아요.”

찰리는 엄마에게 그렇게 대답하며 새빨간 토끼의 눈을 떠올렸다.


이후 살피고 다스리는 것, 어찌 됐든 그쪽 방면으로 찰리는 두각을 나타내기 시작했다. 대표적인 것이 전자오락이었다. 전자오락이라면 아이고 어른이고 할 것 없이 이문동에서 찰리를 따라올 만한 사람이 없었다. 찰리는 하루의 절반 이상을 어둡고 침침한 오락실에서 보냈다. 오락실은 유진과 호기, 그리고 중만에 버금가는 찰리의 친구였던 것이다.

찰리가 즐거워했기 때문에 찰리 엄마는 아침마다 찰리의 주머니에 두둑이 동전을 넣어주었다. 찰리 아버지는 지방의 공장에서 일을 했기 때문에 찰리 엄마는 되도록 찰리가 하고 싶어하는 모든 것을 허락해 주고 싶었다. 사실 그래 봐야 몇 푼 되지도 않았다. 남들 10분 할 동전이면 찰리는 5시간쯤 너끈히 할 수 있었다. 그래서 찰리는 조종 스틱과 버튼 두 개 사이의 짧은 거리 안에서 수많은 시간을 보낼 수 있었다.

오락실 주인은 기계에 이상이 생길 때마다 찰리에게 도움을 청했다. 새로운 게임이 들어오는 날이면 그 기계를 아예 찰리에게 맡겼다. 찰리가 새 게임에 빠져들면 주인은 손톱을 물어뜯으며 그런 찰리를 초조하게 지켜봤다. 이윽고 게임이 끝나면 주인은 찰리에게 음료수를 건넸고 찰리는 다음과 같은 말로 음료수 값을 대신했다.

"이건 레벨 삼 정도가 좋겠어요."

찰리가 대답하면 주인은 게임기의 레벨을 찰리의 말대로 맞추었다. 찰리의 제안은 언제나 정확해서 너무 쉽지도 그렇다고 너무 어렵지도 않은 보통의 레벨, 그 수

치에 정확히 들어맞았다. 찰리가 맞추어놓은 게임기는 많은 아이들의 사랑을 받았고 주인의 수입도 그만큼 좋아졌다. 굳이 레벨이 아니더라도 찰리의 말 한마디는 오락실 운영에 있어 중요한 지침이 되었다. 이를테면 찰리가 이 게임은 정말 좋은걸요? 라고 말하면 주인은 그 게임기를 세 대 이상 주문했고 이건 정말이지 싸구려예요, 라고 말하면 주인은 그 게임기를 바로 반품시켰다.

"우리 아들이 너 땜에 대학 갔다."

당시 주인이 찰리에게 한 말은 결코 거짓이 아니었다.

집에서의 상황도 이와 다르지 않아서 적절히 게임기만 교환해 주면 찰리는 부모의 속을 썩이는 일이 없었다. 상급 기종이 나올수록 더 많은 버튼과 씨름을 해야 한다는 것이 찰리에게는 유일한 어려움이었지만 그것은 찰리에게 있어 나이를 먹는 것과 다르지 않아서 당시로서는 오히려 즐거울 뿐이었다. 그것은 찰리에게 까다롭지만 해야 하는 일이었고, 힘들었지만 나름대로 보람 있는 일이었다. 찰리 아버지가 오락실을 했다면 얼마나 좋았겠는가.

문제는 기계 값이었다. 수많은 기계들의 가격이 찰리가 나이를 먹는 것과 발을 맞추기는커녕 두세 배 혹은 그 이상씩 훌쩍훌쩍 뛰어넘기 시작할 무렵 찰리는 자신이 누릴 수 있는 즐거움의 일체를 포기할 수밖에 없었다. 찰리 아버지는 더 이상 찰리를 도와줄 수 없었다. 찰리 아버지는 자신의 꿈을 위해 아들의 즐거움을 희생시켜야 했다.

하나 찰리의 성격은 어떤가. 그럴 경우 찰리는 간단히 전자오락을 포기한다. 징징대는 법이 없다. 그러면 만사 해결이지 않은가. 그런 다음에는 상상이 그것을 해결해주었기 때문에 찰리에게 그것은 그다지 큰 문제가 될 수 없었다. 때때로 상상은 현실에 버금가는 게임 화면을 찰리의 눈앞에 펼쳐주기도 했으니 상상하거나 깊은 생각에 잠기는 찰리의 버릇은 그렇게 시작됐던 게다.

새삼스럽지만 찰리가 일곱 살이었던 시절의 이야기를 다시 해보자. 찰리의 계획에 있어 대단히 중요한 부분이니 빼놓아서는 안 되겠다.

유치원은 언감생심, 찰리는 교회에서 운영하는 어린이 교실에 다녔다. 찰리 엄마는 그곳을 선택했다. 하나님의 축복이 가득한 곳이었고 무엇보다 돈이 많이 들지 않기 때문이었다. 하루는 그 축복 가득한 곳에서 '행복한 우리 집'이라는 주제로 그림을 그리는 시간을 가졌으니 교회의 여교사가 찰리 엄마에게 뜬금없이 전화를 건 것은 그 때문이었다.

"찰리가 그림을 이상하게 그려서요. 걱정돼서 전화했

습니다. 어머님 한번 오셨으면 하는데요.”

여교사는 그렇게 자신의 본분을 다하고 있었다. 자신이 배운 바에 의하면 지나치게 어두운 그림을 그리는 아이. 게다가 어지간한 일에는 관심을 두지 않는 아이는 문제 있는 것 아니던가. 부모가 늘 싸우거나 맞고 자라거나 아니면 정신적 이상이 있거나. 여교사는 진심으로 걱정했고 때문에 전화를 건 것이었다.

찰리 엄마가 확인한 멀쩡한 그림은 굴속에 들어 있는 식구들의 모습이었다. 찰리 아버지와 찰리 엄마 그리고 어린 찰리가 나란히 손을 잡고 있는 그림이었는데 문제는 온통 시커멓기 이를 데 없다는 것이다. 그림 속 식구들의 표정은 더할 나위 없이 행복했지만 당시 찰리 엄마의 눈에 그것이 들어오지 않았다.

“아니에요. 애가 좀 검은색을 좋아해요.”

찰리 엄마는 아무렇지 않은 듯 그렇게 대답하고 돌아섰지만 집으로 돌아오자마자 찰리의 엉덩이를 두들겼음은 말할 나위도 없다. 어쩌면 그것은 찰리 엄마 스스로에게 가하는 자책과도 같은지 몰랐으나 어린 찰리는 어찌 됐든 아팠던 터라 영문도 모른 채 또다시 뜨거운 눈물을 흘려야 했으니.

울다 잠이 든 찰리를 뒤로하고 찰리 엄마는 홀로 눈물을 찍어내다 자신의 남편에게 전화를 걸었다.

“지하실이라면 치가 떨려. 애가 오죽하면 그런 그림을 그렸겠어?”

찰리 아버지는 공장에서 베어링 만드는 일을 했다.

“베어링은 대단한 거야. 아주 작지만 아주 거대한 기계를 원활히 움직이게 해주지. 그러니까 아빠 같은 사람, 우리 주위의 보통 사람들이 바로 베어링인 게야. 제아무리 비싸고 대단한 기계라 할지라도 베어링이 없으면 안 돼.”

어린 찰리에게 찰리 아버지는 자신의 일을 그렇게 설명했다. 어린 찰리는 아버지의 말을 들으며 고개를 끄덕였다. 그랬다. 어린 찰리는 친구들에게 자랑까지 하지 않았던가.

“너 베어링이 뭔 줄 알아?”

아이들이 눈을 동그랗게 뜨면 찰리는 어깨를 으쓱였다.

“우리 아빠 같은 거야, 베어링은. 그렇죠 아빠?”

“그래.”

순간 찰리 아버지의 눈앞에는 그런 찰리의 모습이 떠올랐다.

하나 그 모습은 이내 흐릿해졌으니 아내의 전화를 받고 찰리의 아버지가 훌쩍인 것은 그 때문이었다.

그 그림 때문에 찰리 식구들의 최대 목표는 집 장만이

됐다. 찰리의 집에 무엇보다 필요한 것은 밝은 빛이 됐다. 찰리 아버지는 오로지 그 목표 하나 때문에 죽어라 베어링을 만들었고 때때로 찰리 엄마도 소일거리를 찾았다. 그리 돈을 모으는 데에는 보탬 없이 꼬박 18년이 필요했다.

찰리 아버지 고향은 서울이었다. 그러나 찰리 아버지가 서울을 사랑한 이유는 꼭 고향이기 때문은 아니었다. 최소한 이문동에는 자신의 역사가 살아 숨쉬고 있기 때문이라고 할까. 그것은 추억이었다. 찰리 할아버지는 찰리의 아버지가 보는 앞에서 엠 원 소총 하나만으로 이문동 집을 사수한 바 있었다. 아무것도 남지 않은 채 무너져버린 건물 앞에서도 찰리 할아버지는 당당했다. 남자는 고향을 지켜야 한다. 남자는 집을 지켜야 한다. 무너진 집터에 망연히 서 있는 아버지의 눈에서 어린 찰리 아버지는 그러한 것들을 읽어냈었다.

자신의 고향을 떠나 타지에서 살아야 한다는 것. 아내와 하나뿐인 자식을 한 달에 두어 번밖에 만날 수 없다는 것. 그러한 고통을 감수하고도 찰리의 아버지가 지방 소도시 공장에서 성실하게 베어링을 만든 것은 그렇듯 다시 고향으로 돌아가고픈 열망 때문이었다. 베어링 만드는 일은 결코 쉬운 일이 아니었고 찰리에게 물려주고 싶을 만큼 고귀한 일도 아니었지만 찰리 아버지는 그 모두를 묵묵히 견뎌냈다. 그랬다. 자기 스스로의 계획 때문이었다. 그것은 찰리 아버지의 운명이 된 지 오래였다. 찰리 아버지에게도 분명 계획이란 것이 있었던 것이다. 그리고 그 계획은 무려 18년이나 계속됐다. 수많은 집들을 마다하고 다시 이문동의 그 집을 구입한 순간 찰리 아버지는 자신의 아버지 이름을 부르며 뜨거운 눈물을 흘렸다. 전쟁도 앗아갈 수 없었던 건물을 50년이나 지난 지금에야 되찾았다는 것이 그를 뜨겁게 달군 터였다. 그것은 찰리 아버지에게 불효의 또 다른 이름이기도 했던 것이었다. 그 울컥 하는 마음을 찰리 아버지는 쉽게 다스리지 못했다. 그 감정을 다스려준 것은 어린 찰리와 찰리의 엄마일 수밖에. 찰리 아버지는 그날 밤 사랑하는 아내와 그리고 사랑하는 아들과 한방에 누워 비로소 행복할 수 있었다.

그러나 서울이라는 이름의 도시는, 찰리 아버지의 고향이자 찰리의 고향인 서울이라는 이름의 도시는 그 둘을 무참히 그리고 단박에 배신했으니. 오랜 지방 생활 탓이었을까. 고향을 상대하기에 찰리의 아버지는 너무 여렸던 것이었다. 어쩌면 너무 솔직했던 것인지도 몰랐다.

찰리의 옛집은 이미 다른 사람의 소유였다. 일이 어디서부터 잘못된 것인지 알 수 없었지만 구청에서 발급한 종이 한 장은 그들 추억의 모든 것을 빼앗기에 충분한 증명이라 하지 않는가.

"여기가 내 고향이란 말입니다. 그래서 일부러 이 건물 사려 했단 말입니다."

그러나 이문동 주변에는 찰리 아버지의 말을 뒷받침해 줄 만한 그 어떤 사람도 살고 있지 않았다. 그 많은 사람들은 대체 모두 어디로 간 것일까.

찰리 아버지의 20년이 종이 한 장보다도 더 가볍게 공중을 향해 떠오른 것은 그 순간이었다.


식구들은 다시 지하로 내려와야 했다. 하지만 찰리는 낙담하지 않았다. 찰리에게는 어두운 지하실 집도 나쁘지 않기 때문이었다. 찰리는 익숙했다.

그랬다. 툭 까놓고 얘기해서 찰리의 집은 가난했다. 찰리 아버지는 도박을 하지도 않았고 술을 마시지도 않았다. 사업에 실패한 경험도 없었고 두 집 살림? 그런 건 꿈도 꾼 적 없었지만, 그런데도 가난했던 것이다. 돈이 잘 모이지 않았다. 빚이 여전히 남아 있는 터였다. 그럼에도 찰리는 자신의 부모를 원망하는 법이 없었다. 찰리 눈에는 자신의 부모가 돈을 적게 버는 것이 아니었다. 세상의 물건 가격이 너무도 쉽게 오른 것일 뿐이었다.

하나 찰리 부모님의 생각은 달랐으니 찰리 아버지는 그 변변치 못한 직장마저 잃게 되자 이내 찰리를 원망하기 시작했던 게다. 그래 솔직히 아버지는 실패했다. 하나 난 네가 있으니 두렵지 않다. 그런데 넌 어째 취직할 생각을 안 하는 거냐? 애비가 몇 번을 얘기했냐. 솔직해 갖고는 안 된다. 너도 베어링이나 만들 것이냐? 내가 널 어떻게 키웠냐?

심지어 이제는 찰리 엄마도 찰리를 원망한다. 우리 아들은 다 좋은데 어쩌자고 저렇게 꽉 막혔는지. 현철네 엄마는 해외여행 다녀왔다더라. 아들이 보내줘서. 엄마는 우리 아들만 믿어. 내가 널 어떻게 키웠니. 엄마는 우리 찰리한테 호강받으면서 살 거야. 이제 이 집안은 네가 일으켜야 할 것이 아니니. 이제 엄마는 늙어서 일도 못해. 내가 널 어떻게 키웠니?

이런 식의 부담이 서서히 찰리를 옥죄기 시작한 것은 찰리의 나이 스무 살 되던 해였다. 물론 찰리가 그런 생각을 아예 하지 않은 것은 아니었다. 대체 나는 어떻게 자랐나. 부모는 정말 날 어떻게 키웠나. 틈만 나면 찰리는 생각했다. 하나 아무리 생각해 봐도 그리 대단할 것은 없었다. 고교 시절부터 찰리는 아르바이트를 했다. 동네 오락실을 전전하며 기계를 튜닝했고 그 돈으로 참고서를 샀다. 미술 시간 준비물을 샀고 겨울 교복을 새로 맞췄다.

찰리는 돼먹지 못한 녀석이 아니었다. 찰리는 열심히

일자리를 찾아 나섰다. 실제로 무수한 일을 했다. 하나 찰리가 번 돈으로 할 수 있는 것이라고는 전기 요금, 수도 요금, 가스 요금 따위를 납부하는 게 전부였다. 요금으로 시작해서 요금으로 끝나는 판이라 찰리는 자신의 부모에게 아닌 말로 생색낼 만한 기회를 얻을 수 없었다. 멋진 한복을 해드린다거나 해외여행을 보내드린다는 식의 계획이 찰리 머릿속에도 없는 것은 아니었다. 하나 만약 그런 일을 내지른다면 각종 요금은 어떻게 할 것인가.

대학을 졸업하고 나서도 사정은 마찬가지였다. 그랬다. 찰리에게는 뭔가 특별한 재주가 없었던 것이다. 학교도 근근이 다녔을 판이니 자격증 따위 있을 리 없지 않은가. 찰리는 격언 따위 잘 믿는 편이 아니었지만 그래도 그 말만큼은 믿기로 했다. 누구에게나 한번의 기회는 있으며 누구에게나 한 가지 재주는 있다는 것을.

찰리의 계획은 그렇게 시작된 것이었다.

# 찰리의 계획

그러니까 찰리의 계획을 이해하지 못하는 사람들의 문제점은 그것이다.
속뜻을 살필 줄 모른다는 것.
찰리의 계획 중에 하루아침에 이루어진 것은 단 하나도 없다.
그러니 제발 곱씹기 바란다.

호기가 찰리의 계획에 관심을 보인 것은 플랜 이부터였다. 그날도 친구들은 유진 카페에 모여 이런저런 대화를 나누고 있었다. 친구들은 하루의 절반 이상을 대화로 소비했다. 세상에서 가장 중요한 것은 대화라는, 그 대화라는 것을 적절히 하지 못해 우리나라는 후진국일 수밖에 없다는, 고교 시절 정치 경제 담당 선생의 말 때문은 아니었다. 물론 그 말도 일리는 있었지만 친구들에게 있어 대화란 훨씬 고차원적이었다. 뭐랄까. 합체라고나 할까. 그것은 일체감이었다. 대화를 나눌 때 친구들은 비로소 혼자가 아니라는 사실을 느낄 수 있었다. 어릴 적 보았던 변신 합체 로봇처럼 가장 어려운 순간에 친구들을 지켜준 것, 그것이 대화였다. 전화를 통해서 혹은 컴퓨터를 통해서, 친구들은 늘 이야기를 나눴지만 이처럼 얼굴을 맞대고 이야기하는 것이 무엇보다 좋았다.

하나 친구들은 언제부턴가 찰리는 좀 빠져줬으면 좋겠다는 생각을 하기 시작했다. 그도 그럴 것이 입만 열면 계획을 늘어놓고 보니 여간 피곤한 것이 아니었다. 대화란 모름지기 그 화제가 풍부해야 하거늘 찰리는 눈가리개를 쓴 경마장의 말처럼 오로지 한곳을 향해서만 질주하지 않는가. 전진, 계획이 성취될 그날만을 위한 전진뿐이었다.

그날도 친구들은 찰리에게 발언의 기회를 주지 않으려고 무던히 애쓰고 있었다. 그럼에도 찰리는 기어이 '플랜 이'라 이름 붙인 자신의 계획을 또 설명하기 시작했으니.

"이번 건 질적으로 달라. 일산 화정역 사거리에서 두 블록 뒤쪽에 가면 금은방이 하나 있는데, 음, 뭐랄까 전체적인 수준은 종로 이상이야. 알아본 바에 의하면 하루 매출이 삼백이 넘어. 무엇보다 14K나 18K 같은 싸구려 물건은 취급하지 않는다는 데 메리트가 있지. 거북이, 행운의 열쇠, 황소, 이런 게 주류야. 집들이용. 게다가 혼수품 만빵이라 가히 최고의 조건이라 할 수 있어. 그것만 갖고 내가 이러는 거 아니야. 빙고! 다음 주에 보따리 담당이 홍콩에서 다이아를 갖고 온대. 모두 여섯

갠데 개당 이천백삼십. 누가 주문했는지 알 게 뭐야. 무엇보다 그 집이 특히 마음에 드는 게 뭔 줄 알아? 물건을 따로 보관하는 창고 개념이 없다는 거야. 저녁 열시 넘으면 문만 닫고 나와. 종업원은 모두 여섯. 그중 여자만 셋이야. 개별 건물이라 따로 후문도 없어. 정문에 감지기가 셋. 내부에 카메라가 넷. 엄청나지 않냐? 그건 정말 허술한 거야. 우릴 기다리고 있는 거라고. 야 땅콩 좀 더 줘봐."

친구들은 생각했다. 대체 저것들을 다 어디서 주워들었단 말인가. 진짜 저것을 발로 뛰어 알아냈단 말인가. 그 열정으로 취직을 하지. IBM에라도 들어갔겠다. 대부분 그런 내용이었다. 하나 그날의 문제는 호기였으니 녀석이 반응을 보이는 것이 아닌가.

"경비업체 차단하고 판로. 그게 문젠데……. 그것만 빼면……."

친구들은 놀랐다. 그리하여 다들 한마디씩 거들지 않을 수 없었다. 왜 그래? 너마저 왜 그래? 찰리 이 나쁜 새끼야, 전염됐잖아. 그런 내용들이었다. 그러나 찰리에게 들릴 리 없었다. 그 순간 찰리의 귀에는 호기의 목소리만이 메아리치고 있었다. 찰리는 감격하고 있었다.

"그래, 그래. 좋은 질문이야. 나도 그게 가장 맘에 걸려. 그걸 동시에 해결해 줄 녀석이 있어. 있긴 한데. 자기 몫으로 삼십 퍼센트를 달래. 자기는 직접 참여할 수 없다고. 사실 문제는 그거지."

찰리가 말을 마치자마자 중만은 참지 못하겠다는 듯 발끈하고 나섰다.

"쇼를 해라. 그럴 거면 아싸리 종로통을 빗자루로 쓸어."

"너 왜 그래? 그렇지도 않아. 이렇게 생각해 보자. 경비업체를 차단하려면 어찌 됐든 전기일 하는 녀석이 필요해. 금은방은 그게 가장 문제잖아. 어차피 우리 말고도 사람을 더 부려야 한다는 거지. 그러니까 일단 계획에 넣을 필요는 있어. 찰리가 말하고 싶은 것도 그걸 거야."

중만의 말에 호기는 정면으로 찰리를 두둔하고 나섰다.

"호기야 너 진짜 왜 그래? 그거 오바야. 진심이야? 저거 농담이잖아. 다들 알잖아."

유진은 그렇게 말했다.


그랬던 유진이었다. 정말 중요한 것은 그것이 아닐까 한다. 그랬던 유진마저 이제 하겠다지 않나.

어쩌면 찰리는 이런 날이 올 줄 애진작에 알았던 것이 아닐까. 그것마저 계획에 넣어둔 것은 아니었을까. 그렇게 의심할 수도 있겠다. 단도직입적으로 말하자면, 사실 그렇지는 않았다. 찰리의 계획이 처음부터 치밀했던 것은 아니었던 것이다. 애초의 찰리 계획. 그것은 정말 웃기지도 않았었다.

‘플랜 에이’에서 시작해 그간 이어온 찰리의 계획들, 이를테면 ‘플랜 비 대시 삼’, ‘플랜 비 대시 사’ 따위의 모든 계획들(어림잡아 여태까지 족히 쉰 가지 이상의 계획들이었다.)은 시간이 지남과 동시에 제 모습을 갖추긴 했으나 하나같이 허술하기 이를 데 없었던 게다. 확실히 해두고자 몇 가지만 예를 들어보겠다.

첫째, 찰리가 잘 아는 여고생이 있는데 그들을 이용하면 멋진 사업을 할 수 있다는 것.

“우리가 없어도 어차피 걔네들은 그 일을 하게 돼 있어. 걔네들이 소주 마시면서 나한테 그런 얘기를 하더라고. 그게 제일 힘들대. 그러니까 쉽게 말하면 대리점이 없다는 거지. 우린 남자만 연결해 주면 되는 거야. 걔네들은 완전히 감추고. 우습게 생각하겠지만 걔네 얼굴이랄까. 아니 다리만 봐도 니들 생각 달라질 거야. 죽음이거든. 걔네들 건강 생각해서 하루 세 건만 한다 치자. 세 명이면 아홉 건. 이십씩만 쳐도 백팔십. 열흘이면 천팔백. 한 달이면 오천사백. 일 년이면 육억 오천이야. 감 잡히냐? 이건 기업이야. 텔레비전 팔아도 이렇게는 안 남아."

그것이 찰리의 '플랜 에이'였다.

그때 유진은 다음과 같이 말한 바 있었다. 평소에 과묵함을 보였던 유진이 발끈하고 나선 것은 역시나 여자가 걸린 문제였던 까닭에서였다. 찰리는 하마터면 맞을 뻔했다. 그 말은 유진을 돌변케 하기 충분했던 것이다. 표정도, 그리고 말투까지도.

"에라 이 개새끼야. 대학 나와서 우리 넷이 손잡고 포주 하잔 말이냐? 개네가 무슨 씨발 사마귀냐? 일 년 삼백육십오 일 빠구리를, 그것도 씨발, 무슨 양치질도 아니고, 아침 먹고 한 번, 점심 먹고 한 번, 저녁 먹고 한 번 그렇게 하잔 말이냐? 그게 가능하단 말이냐? 여자 등치는 건 죽어도 안 된다니까. 씨발, 그게 사람 할 짓이냐? 넌 씨발, 친구도 아니다. 그런 생각 자체가 씨발이다."

유진의 말만 듣자면 그것은 백번이고 맞는 말이었다. 하지만 유진은 그 여고생들이 실제 그렇게 하고 있다는 것을 몰랐다. 찰리가 당당할 수 있었던 것은 그 때문이었다. 찰리 역시 그렇게 막무가내는 아니었던 것이다.

사실 찰리의 계획은 그보다 치밀했고 나름의 예의도 갖추고 있었다.

찰리의 뜻은 유진의 생각과 달랐다. 여고생들이 이제

일학년이니 최소한 고 삼 때까지만, 그렇게 2년하고도 반만 꾹 참고 해보자는 뜻이었던 게다. 그러나 유진은 계속해서 찰리에게 주먹질이라도 하겠다는 듯 으르렁댔으니 찰리도 더 이상 말을 할 수는 없었다. 찰리는 입을 꾹 다물었다.

당시만 해도 친구들은 유진의 생각과 같았다. 호기도 마찬가지였다. 친구들은 찰리의 생각에 동의하지 않았고, 그래서 그날 맥주 값은 찰리가 부담해야만 했다.

'플랜 에이'는 특히 유진의 심기를 불편하게 했기 때문에 친구들은 '플랜 시'가 될 때까지 유진 호프의 현관조차 두드릴 수 없었다.


둘째, 작은 분식집을 구입해서 불을 지르면 엄청난 보상을 받을 수 있다는 것.

"의정부에 점포가 하나 났는데, 그래, 전철역 근처야. 그런데 이천이래. 그래, 서프라이즈다. 맞아. 임대가 아니고 구입이 이천이라는 거야. 그래 거기다 분식집 차리자고. 아니, 아니, 그게 아니라, 그게 가장 돈이 적게 들거든. 찜솥 두어 개, 대형 프라이팬 몇 개면 구색 갖추는 거잖아. 그러고는 눈 딱 감고 일 년만 열심히 장사하면 끝인 거야. 새로운 아이템은 얼마든지 있어서 멋지게 운영할 자신 있어. 물론 나 혼자라면 그것 갖고도 이에프 소나타는 굴릴 수 있지. 그치만 게임은 절대 그렇게 끝나지 않아. 우리 넷을 고려하자면 일단 보험에 들어야 해. 그게 중요해. 홍콩 쪽 보험이 좋겠어. 영국 쪽도 나쁘지는 않아. 다 알아봤다고. 그런 다음? 빙고! 물론 망설임 없이 확 불을 댕기는 거지. 여러 가지 조사해 봤는데 누전으로 감추면 정밀 조사를 해도 알 수가 없대. 그러니까 방화로 돈 못 타는 사람들은 치밀하지 못한 탓이라는 거지. 그건 걱정하지 않아도 좋아. 내가 타진해 봤는데 충분히 가능한 얘기야. 중만이 니가 정말 서럽게 울어야 하는 게 관건이야. 정말 인생 모두를 빼앗긴 사람처럼 시커멓게 타버린 기둥 하나 붙잡고 우는 거. 무엇보다 그게 중요해.”

그때, 찰리가 중만을 들먹인 까닭에서인지 그날은 중만이 반대하고 나섰다.

“얼씨구. 이번에는 저입니까? 왜 하필 저입니까? 오뎅 국물 우리라고? 좋지. 나 취직시켜 준다는 말 같은데. 할 수 있어. 암, 할 수 있지. 무 넣고, 게 다리 몇 개 넣고, 다시마 양껏 넣고. 할 수 있어. 하지만 일단 보험 가입이 안 돼. 그걸 알아야지. 의정부 이천짜리 점포를 어느 외국 보험사가 잡아줘. 외국 보험사는, 내 장담컨대 의정부가 제주도에 있는 줄 알걸. 나 같은 놈은 생명 보험도 안 해준다고. 그리고 뭐랬지? 누전? 그래, 누전.

누전 좋지. 그런데 분식집에 누전될 만한 거 뭘 놓냐? 너 누전이 뭔지나 알아? 오디오? 프로젝션 텔레비전이라도 놓을까? 무엇보다 그 이천조차 없잖아. 아무래도 무리다. 그러니 그만 하자 찰리야, 제발. 지겨워.”

중만은 시원한 맥주를 목구멍으로 넘기며 그렇듯 시원스레 말했다.


썩 아쉬우니 끝으로 하나만 더 얘기하자면, 롯데월드 아이스링크에 시 포를 설치할 수 있다면 어느 정도의 수입을 얻을 수 있을 것이라는, 실로 폭발적인 내용의 계획도 있었다.

그날 공병 출신의 호기는 찰리에게 시 포는 점화기가 별도로 필요한 것이라는 지식과, 수류탄처럼 주머니에 쏙 들어가는 것이 아니라는 대강의 형태와, 근거리에서 터뜨리면 우리도 죽어야 한다는 끔찍한 결과, 그리고 무엇보다 시 포는 수입 자체가 안 되는 품목이라는 안타까운 내용을 종합적으로 차근차근 설명해 주어야 했다.

그날 중만은 이런 말도 덧붙였다.

“차라리 돈 모아서 로또 복권을 한 삼천만 원어치쯤 사라. 색칠은 도와줄 수 있어. 그나저나 찰리야, 아무래도 너 돈에 환장한 거 같다.”

유진도 한마디 거들고 나섰다.

“그러지 말고 대통령을 납치하자. 아니면 만 원권 제조기 같은 걸 발명하든가. 그편이 빠르지 않겠니?”

그랬다. 친구들은 웃었다. 애초의 모든 계획들은 친구들이 맥주를 마실 때 필요한 안주 이상이 아니었다. 그것은 분명 우스갯소리에 불과했다. 처음에는 찰리도 진지하지 않았던 것이다. 찰리의 계획, 그 끝에 언제나 웃음이 놓였던 이유는 그 때문이었다. 찰리조차 웃지 않았던가.

물론 호응을 얻은 것도 있기는 했다. 그나마 가장 믿음직했던 계획은 외국인 회사인 킵스 사의 현금 수송 차량 건이었다. 그 계획은 종전과 달랐다. 이를테면 완성도가 있었다.

찰리의 설명이 끝났을 때 친구들이 입을 벌리고 고개를 숙인 데에는 그만한 이유가 있었다. 친구들은 생각했다. 찰리의 말만 믿자면 그 회사 직원들 너무나 너저분하게 돈을 옮기는 것 아닌가. 무엇보다 친구들이 그 계획을 믿게 된 것은 그 일이 다음 날 실제가 됐기 때문이었다.

그 일은 톱기사는 아니었지만 어찌 됐든 신문을 장식했다. 누군가 그들을 습격했다. 신문을 돌려 읽으며 친구들은 놀라지 않을 수 없었다. 지면 속 그들은 찰리의 계획대로 움직이고 있었다. 그리하여 사역 이천이었다.

찰리는 그 일을 자신이 사주라도 한 양 자랑스러워했다. 그래서 친구들은 박수를 쳐주었다. 친구들이 찰리의 이야기에 흥미를 갖게 된 것은 아마도 그때부터가 아닐까 한다. 그날 이후 찰리는 마음껏 자신의 계획을 떠들어도 좋았다.

그러나 친구들이 찰리의 계획에 콱 하고 도장을 찍은 것은 아니었다. 친구들은 그 계획이란 것이 상당히 흥미롭다는 것을 알게 됐을 뿐 실제가 되리라는 생각은, 또 자신들이 직접 나설 것이라는 생각은 하지 않았던 게다. 친구들은 찰리의 계획을 그저 머릿속으로만 실행해 볼 뿐이었다. 그렇게 그 결과를 떠올리고 즐거워할 뿐이었다.

친구들이 할 수 있는 일이란 그뿐이었는데 이제 상황은 달라지고 있지 않은가.

# 친구들은 그간 무엇을 하며 시간을 보냈나

친구들도 다 안다.
어쩌다 보니 시간은 흘렀다.
그렇다고 해서 그게 전적으로 친구들의 책임인가.
친구들이 그게 궁금한 것이다.

친구들은 모두 서울에서 태어났다. 서울은 친구들에게 있어 매우 중요한 장소였다. 단순히 고향이라고만 하기에는 아쉬운 것이 한둘이 아니었다.

일단 친구들은 서울과 함께 자랐다. 친구들이 태어난 해 서울은 11.58제곱킬로미터나 넓어졌다. 땅 아래도 땅 위도 그랬다. 서울의 지하철 레일은 복잡하고도 튼튼한 뿌리를 내렸고 머리 위 전선과 전화선은 포근한 지붕처럼 더께를 더했다. 친구들은 서울과 함께 호흡했다. 친구들은 하루도 빠짐없이 산소와 더불어 약간의 일산화탄소와 질소산화물, 아황산가스 따위를 마시고 뱉어냈다. 불평은 하지 않았다. 친구들은 잠실과 팔당호에서 여과되는 물을 마셨으며 피에이치 4.8 수준의 비라도 내릴라

치면 감상에 젖어 보이지도 않는 별을 바라보기도 했다.
역시 불평은 하지 않았다.

그 점은 서울도 마찬가지였다.

서울은 묵묵히 메트로폴리스를 넘어 메갈로폴리스가
되고 있었고 친구들인 묵묵히 스물을 넘어 서른이 되어
가고 있었다.

한편 서울은 그들에게 있어 아무것도 아니기도 했다.
하지만 그것조차 도시와 닮은 셈이었으니 친구들이 늘
고개를 갸웃했던 것은 그런 이유에서였다.

그들이 서울에서 태어났다는 사실. 그것은 살아가는
데 있어 하등의 가치가 되지 않았다. 그럼에도 친구들은
생각했다. 이 도시에서 가치란 또 무엇이었던가. 그랬
다. 친구들은 서울서 태어났고 현재까지도 서울에 살고
있다. 하나 그게 뭐 어떻단 말인가. 친구들은 그간 마음
에서 우러나오는 당신의 고향은 어디입니까? 따위의 질
문을 받아본 적이 없었다.

또래는 끼리끼리 어울리는 법. 그래서 친구들은 서울
과 함께 뛰놀았다. 서울은 친구들에게 재미있고 흥미로
운 놀이터를 선사해 주었다.

친구들은 벌레를 잡아 페인트 공장의 여과기에 넣었
다. 벌레는 쉽게 삼등분됐다. 재미있었다.

비 오는 날이면 새하얀 속옷을 마당에 널어놓았다. 비

가 그치면 속옷 위에는 형이상학적인 붉은 그림이 수놓아졌다. 재미있었다.

친구들은 마을을 가로지르는 중랑천에서도 많은 시간을 보냈다. 그 물에 오래 발을 담그고 있으면 붉은 물집 같은 것이 생겨났는데 그것을 터뜨리는 재미도 만만치 않았다.

그 알 수 없는 깊고 어두운 물을 바라다보면서 친구들은 자신의 미래를 떠올려보기도 했다. 나체의 여인들이 박혀 있는 잡지를 가져다 수음을 하기도 했다. 그 검은 물 위로 새하얀 정액이 둥둥 떠가는 것을 보며 친구들은 담배를 익혔다. 무엇보다 재미있었다.

도시가 만들어낸 깊은 어둠 아래서 친구들은 나이가 많은 형들에게 돈을 뺏기거나 두들겨 맞기도 했다. 하지만 그 어둠 아래서 친구들은 자신보다 어린 친구들을 골탕 먹일 수 있었고, 때문에 그것 역시 재미있기는 마찬가지였다.

올림픽이 열리던 해 친구들은 자신의 고향을 찬양했으니 서울은 친구들이 호랑이띠라는 이유만으로 어린이대공원을 무료로 개방해 주지 않았던가. 요컨대 친구들은 서울과 사이가 좋았던 것이다.

“세상에서 남산 타워가 제일 높다더니 씨발.”

“선진 도시 반열에 들었다더니 씨발. 언짢다”

"좆나 살기 좋다더니 씨발."

"몰라, 씨발."

하나 그러한 사실을 위처럼 점층적으로 알기까지 오랜 시일이 필요한 것은 아니었으니 끝내 친구들은 분노했던 것이다. 당신은 혹시 가장 친했던, 그토록 믿었던 친구에게 혹은 자신의 연인에게 속아본 적이 있는가.

# 호기(護氣) : 기운을 불러일으키다

순간 기분이 좋지 않아졌다면 호기를 떠올리는 것이 좋다.
호기는 참는 것이라면 뭐든 잘하기 때문이다.
그러나 절대 포기는 아니다.
호기는 참았다가 풀쩍 뛰어오른다.
이를테면 그 참아두었던 에너지를 한 방에 쏜다는 것이다.

젊었을 때는 얼마나 좋았던가.

잔뜩 감상에 젖어 그런 말을 내뱉는 사람을 볼 때마다 호기는 늘 언짢았다. 그런데 그런 말을 내뱉는 사람은 또 얼마나 많았던지. 해서 그것마저 언짢았다. 어쩐 일인지 호기 주변에는 그때로 돌아가고 싶다 말하는 사람들 천지여서 호기는 늘 언짢은 기분만으로 살아야 했던 것이다.

그런 이유로 호기의 기분이란 딱 둘이었으니. 언짢다와 언짢지 않다가 그것이었다.

호기에게는 출생의 비밀이 있었다.

바보 같은 짓.

호기 아버지의 말을 따르자면 그 비밀이란 바보 같은

짓이었다. 애초에 호기는 모두를 위해 태어나지 말았어
야 했다.

　"안 돼. 못 가. 나 책임져."
　어디서 많이 들어본 말일 것이다.
　더 이상 처녀일 수 없었던 호기 엄마가 믿은 것 역시
그리 익숙한 문제의 그 짧은 세 마디였다. 그 세 마디
말은 얼마나 힘이 셌던가. 이 나라 근대사에 있어 그 세
마디의 위력은 실로 대단하지 않았던가. 사실 호기 엄마
가 믿었던 것은 말이라기보다는 역사가 증명해 낸 그 힘
이라 할 수 있겠다.
　제아무리 미국 물을 마신 남자라 할지라도 이곳서 태
어났다면 그 힘을 모를 리 없을 것이라, 호기 엄마는 생
각하고 있었다. 이 나라 남자라면 쉽게 그 힘에서 빠져
나가지 못할 것이라, 호기 엄마는 생각하고 있었다. 호
기 엄마가 알기에 모름지기 그런 일이 생기면 책임은 남
자의 몫이요, 그 책임을 다하지 못하는 남자는 범죄자나
다름 아닌 취급을 받아야 하는 것이 이 땅의 도리였던
게다. 남자가 여자를 범했다면, 아니 설령 여자가 남자
를 범했다 할지라도 그것은 분명 지켜져야 할 전통이요,
계승해 나가야 할 아름다운 미풍양속이었다. 그렇게 호
기 엄마는 호기 아버지의 대답만을 기다리고 있었다. 사

실 그 말만큼은 하고 싶지 않았던 것이 솔직한 심정이었다. 하나 상황은 그것을 허락하지 않는 듯했다.

"잘 들어. 이래서 달라지는 건 없어. 난 결혼할 여자가 있어. 아버님이 정해 주신 여자라 서울서 다시 전쟁이 터진다 해도 바뀌지 않아. 아버님 결정은 늘 그랬어. 나도 어쩔 수 없는 게 있다고."

어쩔 수 없는 것은 호기 엄마도 마찬가지였다. 호기 엄마는 생각하고 있었다. 문제의 세 마디를 확 풀어버릴 것인가. 아니면 좀 더 이야기를 들어볼 것인가. 호기 엄마가 당장에라도 눈물을 뚝 떨어뜨릴 것 같은 표정으로 고개만 숙이고 있었던 것은 그 때문이었다. 그런데 의외로 결정은 호기 아버지의 입에서 그렇듯 먼저 튀어나오는 것이 아닌가. 그때 호기 엄마는 결정을 내렸다. 하나 그것도 모르고 호기 아버지는 계속해서 말했으니.

"어쩌자고. 그래서 첩이라도 하겠다는 거야? 너 혹시 선수 아니야? 서로 교양 없이 이런 말은 하지 말자. 따라오시겠다? 너 미국이 어딘 줄이나 알아?"

"알아."

호기 엄마는 당돌했다. 결정은 이미 난 판이니 더 이상 두려울 것도 없었다.

"집은 어떻게 할 건데?"

"제주도 친구 집에 간다고 할 거야. 취직됐다고."

“일주일이면 들통 날 거야.”

“나 진짜 제주도에 친구 있어. 입 맞추는 거 시간문제야.”

“가라. 제발 집에 그냥 가라.”

그때였다. 호기 엄마는 품고 있었던 그 세 마디를 풀어주기로 했다. 문제의 세 마디가 그 순간 튀어나왔던 것이다. 세 마디는 너울너울 날아올랐고 이내 호기 아버지의 가슴팍에 콕 하고 박히리라. 호기 엄마는 그리 될 줄 알았다.

“안 돼. 못 가. 나 책임져.”

호기 엄마는 진정 호기 아버지를 놓치고 싶지 않았다. 어떻게든 잡고만 싶었다.

호기 엄마는 남자의 재산이나 넘보는 그런 여자가 아니었다. 호기 엄마가 호기 아버지를 잡고 싶었던 것은 그 누구도 어찌 할 수 없는 사랑이 그녀의 목을 옭아맸기 때문이었다. 이유라고는 그뿐이었다. 호기 엄마가 오래 감추어두었던, 무엇보다 소중했던 자신의 처녀를 내어준 것은, 그러한 당돌한 용기를 낼 수 있었던 것은 그때문 아니었겠는가. 호기 엄마는 그것이 큰 힘을 발휘해 자신을 도와줄 것임을 믿어 의심치 않았다. 그 세 마디가 그의 가슴속 저 깊은 곳으로 파고들어 호기 아버지의 생각을 바꿔놓을 줄 알았다. 하나 서양의 지식을 공부하는 남자는 뭐가 달라도 달랐다.

“내가 억지로 했어? 너도 좋다며? 그런다고 결혼이 되는 거야? 내가 미쳤지. 어쩌자고 그런 바보 같은 짓을…….”

아무래도 상황은 호기 아버지 쪽으로 유리하게 기우는 듯했다.

그러나 그 모든 상황은 호기 엄마가 김포공항 국제선 청사에 모습을 나타낸 순간 역전됐다. 그날 호기 엄마는 아름다운 붉은색 머플러를 매고 있었다. 저 멀리서 손을 흔들며 팔랑팔랑 다가온 호기 엄마는 호기 아버지의 손을 움켜쥐며 이렇게 말했으니.

“많이 기다렸어? 김밥 싸느라고. 자기 것까지 준비했어. 비행기에서 배고프면 어디 살 데도 없잖아…….”

그리하여 호기 엄마는 제 가방보다 큰 도시락을 들고 미국행 비행기에 몸을 싣게 됐으니 그 덕에 제주도 그 친구는 호기 외할아버지와 할머니에게 한 달에 세 번씩 편지를 써야 하는 기구한 운명의 여인이 됐던 게다. 그러나 그 친구마저도 모르는 사실이 또 하나 있었으니 바보 같은 짓이 저 멀리 뉴잉글랜드에서도 계속된 것을 누가 상상이나 할 수 있었다는 말인가.


“미쳤어? 어쩌자고 그런 바보 같은 짓을 또 했어?”

그렇게 말한 다음 호기 아버지는 장소가 장소였던지라 욕설은 영어로 덧붙였는데.

"그게 맘대로 돼? 그리고 그 짓을 나 혼자 한 거야? 그런 거야? 그런다고 되는 거야 이게?"

집 밖으로 나와본 적 없는 호기 엄마는 영어에 서툴렀기 때문에 끝까지 우리말로만 대들어야 했다.

호기 엄마는 애초부터 키스 같은 것은 바라지도 않았다. 하나 자신의 연인이 이렇게나 다짜고짜, 그것도 타국 땅에서, 신경질적으로 반응할 줄도 몰랐다. 애초에 차분히 시작된 대화가 그렇듯 격해진 것은 그런 이유에서였다. 호기 엄마는 생각했다. 침착해야 한다. 나까지 내지르면 사태는 더욱 악화될 것 아닌가. 그래서 호기 엄마는 실은 그렇지 않았음에도 애써 웃음을 보였던 게다. 그럼에도 호기 아버지의 흥분, 그 부아는 좀처럼 가라앉을 줄 몰랐는데 요지인즉 호기 엄마의 그곳에 며칠째 피가 비치지 않고 있다는 것 아닌가.

"너란 여자는 어떻게 늘 저지르고 본다니?"

"이제 어떻게 해? 병원 안 가? 나 혼자 가?"

호기 아버지의 반응을 어떻게든 그 반대의 상황으로 돌려놓고만 싶어 호기 엄마는 다시 명랑하게 되물을 수밖에 없었다.

"몰라 너 알아서 다 해."

　호기 아버지의 입은 그렇게 말하고 있었으나 두 다리는 성급히도 최대한 변두리에 위치한, 게다가 그 누구의 눈에도 쉽게 띄지 않을 만한 병원을 찾고 있었으니. 그리하여 호기 아버지는 로드아일랜드 주(州) 전체를 샅샅이 돌아다닌 것이다. 하나 끝내 호기 아버지가 호기 엄마를 이끌고 연 유리문은 다름 아닌 프로비던스 시립 병원의 뒷문이었으니 진정 궁금했던 것은 호기 아버지도 마찬가지였던 모양이었다. 그곳은 집에서 불과 3분 거리였다.

　뱃속에 이미 호기가 자리 잡고 있다는 진찰 결과를 전해 들은 연인은 즐거워했던가. 네버. 에버다. 아니다. 호기 아버지와 엄마는 예정에도 없는 여행 가방을 꾸려야만 했다.

　얼마 지나지 않은 시점, 호기 아버지와 호기 엄마는 다시 김포공항의 국제선 청사에 서 있었다. 그때 젊은 연인은 생각했다. 대체 이 일을 무어라 설명할 것인가. 공항의 검색대를 지나치기가 무섭게 그들은 그렇듯 심각한 고민에 빠져버리고 만 것이었다.


　한데 호기 아버지의 서울 집 상황은 좋았다. 호기 친할아버지와 친할머니는 호기 아버지를 나무라지 않았던 것이다.

"그럴 수 있다. 남자는 특히나 타지 생활을 오래 하다 보면 정작 고향에 대한 판단력이 흐려지는 법. 일은 애비가 알아서 처리하마."

호기 할아버지는 딱 부러진 어조로 그렇게 말했다.

"마음고생이 얼마나 심했니. 애 살 빠진 것 좀 보세요. 공부하는 애가……."

호기 할머니는 오히려 호기 아버지를 위로했다. 호기 할머니는 반듯이 깎은 사과를 호기 아버지의 입안에 넣어주기까지 했으니 그 집안에는 아무 일도 없었던 게다.

하나 호기의 외가 상황은 사뭇 달랐다. 외갓집에서 칼은 다른 용도로 쓰이고 있었다. 호기 외할아버지와 할머니는 자신의 딸이 모습을 드러내자마자 1년 전 의사가 일러준 '고혈압 환자 부부가 주의해야 할 여섯 가지 사항'의 일체를 단박에 어겨야 했다. 호기 외할아버지는 그렇게나 탐스러웠던 호기 엄마의 머리칼을 시퍼런 부엌칼로 쓱싹쓱싹 밀어버렸고 이어 그 칼을 받아 쥔 호기 외할머니는 몇 남지 않은 딸의 머리채를 흔들며 같이 죽자는 내용의 칼부림을 시작했으니.

한참 후에야 마음의 안정을 찾은 호기 외할머니는 자신의 남편이 내던진, 문제의 그 제주도 친구가 정성스레 (물론 가끔은 기계적으로 쓰기도 한) 쓴 이백여 통의 편지가 담긴 상자의 끄트머리에, 역시 남편이 일러준 대로 불을 놓아야만 했다. 호기 외할머니는 그 곁에 쪼그려 앉은 딸의 머리통을 쓰다듬으며 그리고 깊은 한숨을 내쉬며 이렇게 말했으니 그때까지도 호기 엄마는 훌쩍이고만 있었던 게다.

"에휴, 이년 머리 빼면 뭐 볼 거 있다고. 잘 들어 이년아. 무조건 잡아. 너나 나나 그게 살길이야."

하나 사랑이 아니 우리네 인생이 어디 그렇듯 돗자리처럼 평평하기만 할쏘냐. 가끔은 오르고 가끔은 내리니 그래서 살맛 난다 하지 않은가. 다음 날 호기 엄마가 「크리스마스 캐럴」의 주인공처럼 스카프로 머리통의 3분의 2 이상을 둘러매고 호기 아버지를 찾는 순간 그 돗자리는 마법의 양탄자처럼 불쑥 튀어 올랐으니 일인즉 이랬다.

호기 엄마는 호기 아버지의 품에 대고 정말 마음속 깊숙이 우러나오는 울음을 토해 냈다. 순간 기적은 그 품을 뚫고 찾아왔으니 그때 호기 아버지는 무언가 마음속에서 울컥 하는 것을 느끼지 않았나. 호기 아버지는 행여 이것이 사랑은 아닌가 하고 의심하였고 하늘에서는 처량히도 빗방울이 떨어지기 시작했던 게다.

호기 엄마는 순간 호기 아버지의 깊은 눈동자를 향해 이렇게 말했다.

"죽고 싶었는데 왜 안 죽었는지 알아요? 보고 싶어서

요. 바보같이. 정말 바보같이……."

그 말을 듣고 비로소 호기 아버지는 호기 엄마를 꼭 껴안았고 포개진 둘의 가슴 사이에서는 기적인지 아니면 사랑인지 모를 새하얀 김이 피어올랐던 게다.

하나 그것마저도 역시 바보 같은 짓이었음은 두말할 나위 없었다. 이제부터의 상황에서는 양가가 모두 등장하니 친 자(字)와 외 자(字)를 붙이기로 하겠다.

그날 호텔 커피숍에 먼저 모습을 나타낸 것은 호기 외가 일행이었다. 호기 외할아버지와 할머니 그리고 호기 엄마는 모두 한복을 입은 채였다. 그것은 어차피 혼인날에 입어야 할 터이니 미리 맞춰버리자 했던 호기 외할머니의 알뜰함에서 비롯된 상황이었다. 호기 외할머니는 착실히도 혹은 성급하게도 이미 택일까지 마쳐놓은 상태였다.

정장 차림의 호기 친할아버지와 할머니는 약속 시간보다 10여 분 늦게 도착했다. 그날은 따로 커피 같은 것이 필요하지 않았는데 요컨대 그날의 분위기가 그랬기 때문이었다.

"어쩔 수가 없소. 이미 아내와 다름없는 여자가 있으니 합의란 것을 해주셨으면 합니다."

호기 친할아버지는 감히 자신의 며느리를 꿈꾸는 호

기 엄마가 입고 나타난 붉은색 한복부터가 거슬렸기 때문에 잔뜩 인상을 찡그려야만 했다.

"여자를 겁탈하고 돈으로 무마하겠다는 것은 오랑캐나 왜적이나 할 짓 아닌지요."

의외로 호기 외할아버지의 음성 또한 낮았으니 친할아버지의 그것만큼이나 침착한 것은 또 무언가. 돌연 호기 친할아버지의 안색은 눈에 띌 만큼 창백해졌으니 그때까지도 호기 외할아버지는 호기 친할아버지 또한 만만한 성격이 아님을 몰랐던 터라 일은 벌어진 것이었다.

"그렇게 쉽게 다리를 벌리는 딸을 두셔서 그간 걱정 많으셨겠습니다."

그런 다음에는 욕설만이 오갔다. 개새끼야. 씹새끼야. 그 두 단어가 각각 압도적으로 많이 사용됐다.

그날 그 호텔 커피숍에서 호기 친할아버지와 외할아버지는 실제 주먹다짐을 했다. 그 가운데 호기 엄마는 소리 내어 울고만 있을 뿐.

"애는 어떡할 거요? 저 애는?"

호기 외할아버지가 그 필살의 카드를 꺼내든 것은 그러한 이유에서였다. 그 애는 다름 아닌 뱃속의 호기였다. 호기 외할아버지는 그때만큼은 욕지거리를 할 수 없었다. 그러나 호기 친할아버지는 역시나 개의치 않았는데.

"이름도 없는 놈의 애를, 그 애가 어찌 우리 애요?"

"왜 이름이 없어? 호기야 호기!"

경황이 없는 터라 호기 외할아버지는 옆 테이블의 신사가 읊던 말을 고스란히 내뱉었는데, 그러나 어찌 알았으랴. 그것이 샌드위치의 이름일 줄은.

어찌 됐든 그 순간 그 경황없는 틈을 타 호기 아버지는 자리를 박차고 일어났고 이어 호기 엄마의 손을 이끌었으며 끝내 영화 「졸업」의 더스틴 호프만처럼 커피숍을 훌쩍 빠져나갔으니. 그때 양가 어른들은 생각했다. 그들은 과연 사랑할 수 있을까.


안타깝게도 그것은 해프닝일 수밖에 없었다. 이야기는 비극이었으니 끝내 호기는 두 명의 아버지를 섬겨야만 했던 게다.

호기는 그것을 진짜 아버지와 잠깐 아버지라고 표현했다. 어린 호기에게도 그것은 언짢은 일임이 분명했다.

호기 아버지는 미국으로 떠났고 호기 엄마는 서울에 남았다. 호기 엄마의 뱃속에는 앞서 말한 바대로 어린 호기가 남아 있었다. 한데 그것 말고도 남은 것은 얼마든지 있지 않은가. 억울함, 분노, 아쉬움, 사랑. 호기 엄마에게는 그렇듯 남은 것투성이였다.

호기 외가에도 물론 정리해야 할 일이 남아 있었다. 호기에게 잠깐 아버지가 생길 수 있었던 것은 너무도 많은 것들이 남아 있었기 때문은 아닐지.

"나쁜 년 니 맘대로 해라."

호기 외할아버지는 자신의 딸에게 그렇게 말했다.

"병신 같은 년아. 그렇게 살아라. 그렇게 바보같이 살아."

호기 외할머니는 자신의 딸에게 그렇게 말했다.

호기의 진짜 아버지가 끝내 미국으로 날아가 버리자 호기 엄마는 그렇게 집을 나와야 했다. 호기 엄마는 그리하여 홀로 남았다. 남았다. 계속 남았다. 지겹도록 남은 것들투성이였다. 그래도 호기 엄마는 외롭지 않았으니 진정 혼자는 아니었던 까닭에서였다.

호기 엄마에게는 호기가 있지 않은가. 그리하여 호기는 한 자락 추억이 될 수 있었다. 호기 엄마에게 호기는 자신의 아름다운 추억과도 같아서 호기 엄마는 그 모든 고통을 실로 바보같이 참을 수 있었던 것이었다. 호기 엄마가 호기가 여섯 살이 되던 해까지 극구 재혼하지 않았던 것은 그렇듯 추억 때문이었다. 또 하나 그 진짜 아버지가 남긴 말 때문이기도 했다. 미국에서의 일만 정리가 되면 꼭 돌아오겠다는 무정한 한마디. 하나 무슨 놈의 정리인지 6년이 넘었거늘 끝날 줄 몰랐다.

처음 혼자가 됐을 때 호기 엄마가 한 일은 아이의 이름에 뜻을 다는 것이었다. 호기 엄마는 샌드위치에 대해서는 잘 알지 못했다. 자신의 아버지를 찾아 아이 이름의 뜻을 달라 했지만 호기 외할아버지는 고개만 가로저을 뿐. 그래서 호기 엄마는 자신의 아버지가 자신과 말조차 하고 싶은 않은 게로구나 생각하고 걸음을 돌린 것이었다. 호기 엄마는 옥편을 펼쳐 들고 아들의 이름에 다시 한번 이름을 달았다. 기운을 불러일으킨다고. 호기 엄마는 호기가 자신의 기운을 불러일으켜 줬으면 하고 바랐던 것이었다. 하나 당시의 서울은 혼자 남은 여자를 좋게 볼 리 없었으니 그쯤에서 호기의 잠깐 아버지가 등장했던 게다.

여기에도 비밀이 있었으니 애초에 그 잠깐 아버지도 아예 남은 아니지 않은가. 정말 호기란 녀석은 비밀투성이였다. 그에게도 곡절이 있었으니 그는 어쩌면 호기의 진짜 아버지가 될 수도 있었을, 그러한 범상치 않은 인물이었던 게다. 호기가 비밀이란 것을 싫어하게 된 데에는 이러한 이유도 있었다.

비밀의 진실인즉 이랬다. 호기의 잠깐 아버지는 오래전부터 호기의 엄마를 사랑하고 있었다 했다. 나중에야 안 사실이지만 호기의 잠깐 아버지는 호기 엄마가 보는 앞에서 손수 초승달을 만들었다는데. 그러한 사랑을 당신은 짐작이나 할 수 있겠는가.

"그 새끼 돈 때문에 그래? 하지만 난 널 사랑하잖아. 그 새낀 널 사랑해? 선택해. 선택을 따르겠어."

"미안해. 그 남자야."

그의 왼손에 쥐어져 있는 것은 아뿔싸 또 칼이었다. 호기 엄마가 그렇게 대답하자마자 호기의 잠깐 아버지는 초승달 모양의 기나긴 사선을 자신의 배에 만들고야 말았다. 끝내 붉은 사랑은 철철 흘러넘쳤거늘, 하나 호기 가짜 아버지의 사랑은 배에 스물여덟 바늘의 자국만 남긴 채 그렇듯 쓸쓸히 돌아설 수밖에 없었던 것이었다.

호기는 매번 그것을 신기하게 바라봤다. 그러나 때때로 두렵기도 했다. 고기라도 먹는 날이면 투두둑 뜯어질 것 같아 어린 호기는 얼마나 조바심을 냈는지 모른다. 호기의 조바심대로 그 바늘 자국은 얼마지 않아 끝내 일을 저지르고 말았다. 호기의 잠깐 아버지가 호기 엄마를 때리기 시작한 것이었다. 어째서였을까. 도박이었다. 한번 지고 나니 자꾸만 본전 생각이 나는 도박이었던 것이다. 그것은 좀체 멈출 줄 몰랐고 오히려 늘었으며 보다 집요해졌으니 어찌 도박이라 하지 않을 수 있겠는가. 보통 손찌검이 아니었다. 호기의 잠깐 아버지는 늘 액션 영화의 주인공처럼 호기 엄마를 때렸다. 소반으로, 병으로, 연탄집게로, 심지어는 석유곤로를 내던지기도 했다. 호기의 잠깐 아버지는 호기를 보면 더 부아가 치미는 모

양이었다. 그렇게 호기는 잠깐 아버지에게도 잊을 수 없
는 기억이었다.

"저 새끼는 뭐야! 더러운 년."

그럼에도 호기 엄마는 겁에 질린 호기에게 언제나 꼭
같은 말만 되풀이했으니.

"아빠는 좋은 사람이야. 때리는 것만 빼면 좋은 사람
이야. 세상에 나쁜 사람은 없단다. 사람이 사람을 믿지
못하면 살 필요가 없는 거야."

그러나 어린 호기는 그 말을 이해하지 못했다. 아니
다. 정확히 말하자면 혼란스러웠다. 그렇다면 정말 세상
에 나쁜 사람은 없는가. 살인자는 살인만 빼면 나쁜 사
람이 아니고 도둑놈은 도둑질만 빼면 나쁜 사람이 아니
고 사기꾼은 거짓말만 빼면 나쁜 사람이 아니란 뜻인가.
어린 호기는 혼란스러웠다. 어린 호기는 그 말을 이해할
수 없었지만 한편으로는 그 뜻을 이해할 듯도 싶어 더욱
혼란스러웠다.

순간 어린 호기는 언짢지 않을 수 없었던 게다.


미국의 진짜 아버지가 연락을 취해 온 것은 호기가 4학
년이 되던 해였다. 그때 호기는 자신이 미국으로 가게
되는 줄만 알았다. 모아둔 용돈으로 영어 회화책까지 샀
다. 정녕 자신이 잠깐 아버지와 헤어지게 되는 줄만 알

116

았다. 하지만 호기 엄마는 눈물을 흘리며 그 편지를 구겨넣었고, 그리하여 어제가 오늘 같은 호기의 생활은 계속될 수밖에 없었다. 호기의 잠깐 아버지는 호기 엄마를 그렇듯 계속해서 때렸고 아니 이제는 호기에게까지 주먹질을 하는 터이니. 호기가 어두운 곳을 좋아하게 된 것은 그 때문이었다. 어둠은 호기에게 안전함까지 제공했다.

그 어둠 속에서 호기는 기도했다. 호기는 단순히 하나님에게만 기도를 올리지 않았다. 영민한 호기는 사탄이라도 자신의 기도를 들어줬으면 했다.

"죽여주세요. 죽여주세요. 아멘."

호기에게도 힘 있는 세 마디는 있었다.


그분도 전화기를 쓰는가. 호기의 기도는 빠르게 하늘에 닿아 6개월 만에 현실이 됐다. 호기의 잠깐 아버지는 호기에게 말하지 않는가. 사우디에 간다고.

"아버지는 엄마랑 호기 위해서 돈 벌러 가시는 거야. 아주 더운 곳인데도 말이야."

호기 엄마는 자신의 아들에게 그렇게 설명해 주었다. 비로소 호기는 웃을 수 있었다. 돈 때문이 아니었다. 호기를 웃음 짓게 만든 것은 잠깐 아버지를 다시는 보지 않아도 된다는 사실이었다. 그렇게 즐거웠던 호기가 자신의 기도를 후회하게 된 것은 다시 1년이 지난 후였다.

호기의 잠깐 아버지는 정말로 죽었다. 그 언짢음은 이루 말로 표현하기 어려운 것이었다. 바랐던 일이 현실이 되었을 때의 공허함이란 누구에게나 같지 않은가.

편지에 의하면 공사 현장에서 사고사한 것으로 되어 있었으나 호기 엄마 생각은 달랐다. 호기의 잠깐 아버지는 행여 자살한 것은 아닌지. 그 옛날 초승달 사건을 떠올리고 보니 호기 엄마는 그런 생각을 떨칠 수 없었다. 그래 호기 엄마는 저 멀리 무더운 사우디에서 날아온 통장을 부여잡고 울기 시작했다. 호기의 잠깐 아버지는 호기 엄마의 이름으로 돈을 모아두었다. 약간의 보상금 역시 호기와 호기 엄마 앞으로 되어 있었다.

"호기야 알겠니? 아버지는 나쁜 사람이 아니야."

그 통장을 호기에게도 보여주며 호기 엄마는 그렇게 말했다. 호기 엄마가 장사를 시작할 수 있었던 것은 그 때문이었다. 그러나 당시의 호기는 어찌 됐든 홀가분한 기분이 먼저였다. 밤하늘 달을 올려다보며 눈물을 찍어내는 엄마를 보는 것이 곤욕이었지만 그때마다 호기는 애초에 자신에게 아버지 따위는 없었다 되뇌며 마음을 달랬으니 그럴 수 있었다. 어쩌자고 엄마는 초승달 밤에만 우는 것인가. 엄마의 울음소리가 견디기 어려워 또 그 구부러진 달 모양을 보는 것이 견디기 어려워질 때면 호기는 다시 어둠 속으로 파고들었다.

그 어둠을 보다 견고히 해준 것은 의외의 인물이었다. 호기의 진짜 아버지였다.

문제의 소포는 호기가 국민학교를 졸업했을 때 배달되어 왔다. 그것은 비디오 플레이어였다. 그 묵직해 뵈는 상자에는 비디오테이프도 무려 육십여 장이나 들어 있었다. 호기의 진짜 아버지는 그것들 모두를 호기의 이름 앞으로 해놓았다. 호기가 영화를 보기 시작한 것은 그 즈음이었다. 호기는 흡족해했다. 그 시절 그것이 굉장히 귀한 물건이었기 때문은 아니었다. 호기가 흡족해한 것은 그 작은 상자 안에 들어 있는 새로움 때문이었다. 그것은 신세계였다. 그 작은 상자는 호기를 또 다른 세계로 인도해 주기에 모자람이 없었다. 그 어둠의 브라운관이 비춰주는 세계에 발을 들여놓을 때마다 호기는 비로소 언짢지 않을 수 있었다.

알 수 없는 세계는 그래서 호기에게 보다 사실적일 수 있었다. 수많은 영화를 보고 난 이후 호기는 외계인을 좋아하게 되었다. 애초에 호기 자신도 외계인과 같은 존재였으니 그것은 믿고 아니고의 문제가 아니었다. 호기는 세상에서 외계인이 가장 좋았다. 어두운 서울 밤하늘을 바라보며 호기는 생각했다. 제발 이곳에서 벗어났으면 좋겠다고. 저 멀리 외계로 갔으면 좋겠다고. 지긋지긋한 달을 훌쩍 넘었으면 좋겠다고. 달이 보이지 않는 우주에 갈 수 있었으면 좋겠다고. 그것은 저 옛날 어린 호기의 기도와 다르지 않았지만 당시의 호기는 그것을 몰랐으니 저 우주에는 달을 두 개 이상 가진 별이 더 많지 않던가.

다시 앞으로 돌아가자면 호기가 찰리의 말을 굳게 믿은 것도 그 때문이었다. 어쩌면 찰리도 새로운 세계를 기다리고 있는 것은 아닌지. 호기의 눈에는 찰리도 외계인이었던 것이다.

모두가 고개를 가로저었을 때, 그래서 호기는 찰리의 편이 될 수 있었다. 너희들은 왜 그렇게 시각이 좁으냐고 보다 넓게 볼 수는 없겠느냐고, 호기는 친구들에게 일러줄 수 있었던 것이다. 당시 찰리의 계획이 형편없었던 것은 사실이었으나 호기가 본 것은 그 계획 뒤에 숨겨져 있는 또 다른 계획이었으니.

그런데 막상 찰리가 전화를 뻔질나게 해대고 보니 조금은 귀찮은 것도 사실이지 않은가.

찰리는 그럼에도 집요했다.

"사실, 플랜 에프도 완성됐거든. 뭐 아직 완벽한 건 아니지만, 들어볼래?"

몇 시간째 찰리는 같은 말만 반복하고 있었다. 대체 플랜 에프는 또 뭐란 말인가. 호기는 생각했지만 이내 귀찮아졌기 때문에 그냥 이렇게 대답했다.

"아니, 내일 듣자. 뜨거워 죽을 것 같아. 그러고 보면 중만이 놈 대단해."

"왜?"

"예전에 현숙이랑 열일곱 시간 통화한 적 있대. 뜨거워서 어떻게 견뎠을까?"

"무슨 얘기를 그렇게 오래했대?"

"몰라, 성경책이라도 읽어줬나 보지 뭐. 불타는 사랑 아니냐. 야 진짜 끊자. 어차피 내일 만날 거잖아. 자라 그만."

호기는 정말 귀가 뜨거웠다. 너무 오래 듣고 있었더니 불이라도 붙을 것 같았다. 찰리는 자라고 쏘아붙이는 호기의 말에 낙담한 눈치였다. 조용히 전화를 끊어버리는 찰리를 상상하자니 호기는 조금 미안하기도 했다.

그래서 호기도 잠을 이룰 수 없었다. 호기는 밤새 생각했다. 찰리는 왜 옛일을 애써 기억하는 것일까. 아니 찰리의 말대로 왜 그런 것들이 기억나는 것일까.


다음 날 친구들은 약속대로 유진 호프에 모였다.

중만은 친구들을 이해할 수 없었다. 분위기가 찰리 쪽으로 기우는 듯 보인 까닭에서였다. 호기도 유진도 찰리의 생각에 동의하고 나섰으니 중만이 어찌 해야 할 줄 몰랐던 것은 당연했다. 중만이 내심 찰리의 계획 운운하는 이야기가 또 나오면 어쩌나 걱정한 것도 그런 이유에서였다.

애초에 중만은 그 자리에 나가보지 않을까 생각도 했다. 하나 이내 마음을 고쳐먹었다. 만약 그런 말이 다시 나온다면 이렇게 말하리라. 세상을 속인다는 것은 다수의 사람들을 속이는 것이라고. 결국 되든 안 되든 나쁜 짓을 할 수밖에 없는 거라고. 그런 결심으로 중만은 집을 나선 터였다.

하지만 그날 친구들은 그런 이야기를 꺼내지 않았다. 찰리는 계속해서 자신의 과거만을 들먹이고 있었다. 요지는 그랬다. 어찌 된 일인지 옛날 일들이 하나같이 모두 기억난다고. 중만은 그 이야기를 믿을 수 없었지만 계획 어쩌고 하는 이야기보다는 낫다 싶어 그냥 참고 듣고 있는 중이었다. 하나 찰리의 이야기는 제법 그럴듯해서 친구들은 쉽게 그 이야기에 몰두하는 것 아닌가. 그리하여 친구들은 끝내 고개를 끄덕였으니 친구들은 찰리의 생각에 동의한 게다. 물론 그때까지 중만은 그 동의가 찰리의 계획에 대한 동의인지는 알지 못했다.

친구들은 생각했다. 찰리는 지금 고향을 떠올리고 있다고. 호기는 찰리에게 그것이 나쁜 징조가 아님을 강조하고 있었다. 오히려 자신은 물론이며, 누구에게나 그런 순간은 온다, 고 호기는 찰리를 북돋아주었다.

"사람이 중요한 결정을 내릴 땐, 자신의 고향을 생각하기 마련이야. 죽을 때 엄마 얼굴이나, 마을 입구 느티나무가 떠오른다는 말은 그래서 일리가 있지."

"아니, 당장에 죽는데 나무 따위 생각한단 말이야?"

"보통 강물 같은 게 떠오른다는데, 그게 엄마 뱃속이거나 뭐 그렇다는 얘기지."

친구들은 그래서 다음과 같은 결론을 내렸다. 그것이 무엇이든 간에, 중요한 결정을 내려야만 하는 순간이 왔다면 고향을 떠올리자고.

찰리의 고향은 서울이었다. 유진의 고향도, 호기의 고향도, 중만의 고향도 서울이었다.

"그런데 뭘 떠올리지? 넌 뭘 떠올릴래?"

"글쎄."

"어쩐지 나도 느티나무가 떠오르는걸. 꽃 피는 언덕, 지저귀는 산새, 맑은 시냇물, 구름 흘러가는 푸르른 산, 뭐 그런 거."

"미친 새끼야, 이문동에 그런 게 어딨어? 산이나 있냐?"

"없지."

"그런데 왜 그런 게 떠올라?"

"그러게. 이문동에 뭐가 있더라?"

그리하여 그들은 각자의 생각에 빠져들고 말았다.

친구들은 모두 무언가 골똘히 생각하기 시작했다. 덕분에 분위기는 제법 숙연해지고 말았다. 그 알 수 없는 분위기를 깬 것은 언제나처럼 찰리였다.

"여기요! 맥주 이천만 더 주세요. 잘 들어라. 고향은 서울이야. 이문동이나 공릉동이나 미아리나 다 서울이야. 서울 하면 새끼야 누가 뭐래도 남산 타워, 육삼 빌딩, 민족의 젖줄 한강, 경복궁! 그런 거지. 그런 거 생각해라."

"그중에 두 곳은 아직까지도 못 가봤는데……, 그래도 되겠냐?"

찰리의 말에 유진은 그렇게 대꾸했다. 친구들은 모두 웃었다. 친구들은 낄낄거리며 다시 차가운 맥주를 소리 내 들이켰다.

하나 어찌 됐든 찰리의 생각은 진심이었다. 멋들어진 첨탑과 황금빛 번쩍이는 빌딩과 온갖 쓰레기를 교묘히 감추면서도 정작 근엄히 흐르는 강물과 저 옛날 왕이 살았다는, 그리하여 무수한 돈 들여 새로 지어도 괜찮은, 온 백성 우러러 봐야 할 멋진 궁궐을 떠올리자고. 찰리는 그렇게 친구들이 자신의 고향을 속였으면 하고 바란 것이었다.

그때 중만은 좀 다른 생각을 했다. 중만은 초조했던

것이다. 행여 이것이 친구들이 결정을 내렸다는 것을 의미하는 것은 아닌지. 때문에 중만은 친구들에게 묻지 않을 수 없었다.

"왜 이래 이거. 분위기가 지금 어디로 가는 거야? 혹시 니들 정말 할 거야?"

"어."

중만을 제외한 친구들은 입 모아 그렇게 대답했다. 곧 찰리의 계획에 동참하지 않은 것은 중만뿐이었다.

# 중만(衆蔓) : 무리를 이끌다

사랑의 아픔을 쉽게 잊는 사람이라면 중만의 친구가 될 수 없다.
중만은 사랑을 믿기 때문이다.
스쳐 지나간 사랑을 추억하며 웃음이나 흘리는 작자들은
그래 중만을 이해할 수 없으리라.
중만은 안다. 속일 수 없는 사랑이 있다는 것을.
그래서 중만은 늘 한 박자씩 늦는 것이다

그랬다. 아무도 그것을 의심하지 않았다. 중만은 현숙을 너무도 사랑했다. 중만이 결정을 내리지 못한 것은 현숙 때문이었다. 그런데 중만은 지금 취해 있다. 친구들이 다시 모인 것은 그 때문이었다.

현숙과 중만이 연인이 된 것은 중학 2학년 때의 일이었다.

중학 2학년, 현숙은 어떤 알 수 없는 구멍에 빠져버린 것처럼 중만을 사랑하게 되었다. 누가 그때의 그 감정을 이해하랴. 하나 아무도 알아주지 않는다 하더라도, 최소한 당시의 현숙에게, 그것은 아무런 문제가 되지 않았다. 누구나 그렇듯 그것은 누구도 막을 수 없는 일이었을 뿐, 누군가의 이해가 필요한 일은 아니었다.

현숙은 얌전한 아이였다. 요컨대 자신의 감정을 쉽사리 밖으로 내보이는 타입은 아니었던 것이다. 그래서 애초에는 그러한 사실(현숙이 사랑이라는 이름의 구멍에 빠져 버렸다.)을 아는 사람이 별로 없었다.

현숙은 조용히, 그리고 은밀히, 자신의 사랑을, 그리고 중만에 대한 자신의 감정 일체를 다스렸다. 뿐만 아니라 현숙은 치밀한 계획을 세우기까지 했다. 멋들어진, 그러면서도 솔직한 편지를 쓴다. 농구를 마치고 돌아오는 중만에게 편지를 건넨다. 그런 다음 중만에게 사랑스러운 윙크를 날리고, 이왕이면 머리칼 팔랑이며 사뿐히 돌아선다. 내용은 그렇듯 간단했지만 계획이란 어디 그런 것인가. 편지의 내용부터, 중만이 복도에 나타나는 순간이랄지, 윙크하는 자세, 그날 사용해야 할 샴푸 등등 현숙에게는 준비할 것이 많았다. 남자 아이들 무리 주변을 제대로 지나치지도 못할 만큼 숫기가 없었던 현숙이 무려 1주일이나 고심해 편지를 쓰고, 또 그 편지를 교내 과학관 앞에서 중만에게 당당히 건넨 것은 굉장히 놀라운 사건임에 분명했으나 정작 당사자인 현숙이 차분히 그 모든 일을 진행할 수 있었던 것은 그러한 계획 덕분이었다. 어찌 됐든 그날의 사건은 아이들의, 나아가 현숙의 부모와 선생들의 관심의 대상이 되기에 충분했다.

다시 사건으로 돌아가자면, 복도에 일렬로 늘어선 유리창은 찬란한 햇살을 반사시키고 있었고 현숙의 예상대로 중만이 나타났다는, 그 부분부터 시작해 보겠다.

현숙은 거침없이 중만에게 편지를 건넸다. 하지만 당시의 중만은(어찌 보면 현재의 중만도 그렇지만) 자신에게 편지를 건네는 여자 아이의 마음을 헤아릴 만큼 속 깊은 녀석이 아니었다. 현숙의 계획이 초반부터 어긋나기 시작한 것은 모두 그러한 중만의 성격 탓이었다. 당시의 중만은 여자 아이보다 농구에 더 관심이 많았다.

"무슨 내용이야?"

그렇게 불쑥 자신에게 되돌아온 질문에 현숙은 당황할 수밖에 없었다. 하지만 현숙은 매끈히 다려진 자신의 교복 치맛단을 툭툭 건드려가며 제법 아무렇지도 않다는 듯 대답했다.

"그건……, 그간……, 하고 싶었지만 하지 못했던 말들을……, 적어놓은 거야."

현숙은 침착해야 했기 때문에 애써 웃음까지 지어 보였다.

"그래서, 그게 무슨 내용이냐고."

중만은 여전히 당돌했다. 하지만 중만은 정말 그것이 궁금했다.

"병신!"

현숙은 다짜고짜 중만의 뺨을 후렸고 이후로는 계속해서 눈만 깜박였다.

금세라도 눈물이 떨어져 내릴 듯 붉게 변한 현숙의 눈두덩은 그래서 더욱 사랑스러웠다는 사실, 그것은 굳이 중만이 아니라 할지라도, 그 사건의 현장에 있었던 사람 모두가 느낀 바였다. 사랑한다고 병신아! 요약해 보면 그렇게 간단한 내용이었건만 그때까지도 중만은 어리둥절해하고 있었다. 뺨을 맞는 순간 중만의 옆구리에 끼워져 있었던 농구공이 바닥으로 떨어지지 않았다면 현숙의 계획 자체가 무산될 수도 있었다. 다행히 농구공은 텅텅 소리를 내며 현숙의 발 앞에 떨어졌고 중만은 곱게, 그리고 조용히 포개져 있는 현숙의 작은 종아리를 볼 수 있었다. 중만이 사태를 파악하기 시작한 것은 그 종아리가 어른거린 후였다.

농구공을 주우며 중만은 미소 지었다.

자신에게 무슨 일이 벌어지고 있는지 그제야 감을 잡은 중만은 현숙의 편지를 앞주머니에 소중히 담아두었고, 그날 이후 현숙과 중만은 그 누구도 범접할 수 없는, 그야말로, 완벽한, 아담과 이브에 버금가는 커플이 되었다는 것. 아름다운 사랑 이야기는 그날 이후로 계속해서 써내려져 갔으니.

둘의 이러한 사랑스러운 관계는 아담과 이브의 저주

인 양 무려 16년간이나 지속됐다. 둘이 뭘 했고 어떤 선물을 주고받았으며 어떤 이야기를 나누었는지는 중요하지 않을지도 모르겠다. 무려 16년인데, 무슨 말이 필요하랴. 어찌 됐든 현숙은 중만을 사랑했고 중만도 현숙을 사랑했으니, 뭐 대충 그랬다는 짧은 이야기.

"그 편지에 뭐라 써 있었는 줄 알아?"
취중임에도 중만은 친구들을 향해 그렇게 묻고 있었다. 한바탕 울어젖힌 터라 중만의 목소리는 더 이상 떨리지 않았다. 중만의 주량은 소주 반 병. 하지만 중만의 테이블 앞에 놓인 맑은 초록빛 소주병은 도합 세 병이었다. 두 병은 세워져 있었고 한 병은 바닥에 쓰러져 있었으니. 쓰러진 병 주둥이에서는 조금 남은 소주가 찔끔거리며 흘러나오고 있어서 친구들에게는 그 병이 꼭 중만인 것만 같았다.
"네, 생각만, 하면, 잠이, 오질, 않아!"
친구들은 귀찮다는 듯, 동시에 그렇게 대답했다. 친구들은 그 편지를 달달 외우고 있었다. 16년이니 그 외에도 외우고 있는 것들은 얼마든지 많았다. 현숙은 곧잘 그들 무리와 함께 시간을 보내곤 해서 친구들은 하루에 두 번이나 그 이야기를 들은 적도 있었다.
짐작했겠지만, 그날의 분위기는 암울하기 이를 데 없

었다. 중만이 처음 친구들을 불러냈을 때만 해도 친구들은 기분이 좋았었다. 찰리는 자신의 계획을 친구들에게 이야기해 주고 싶었고 유진은 자신이 모은 돈의 액수를 자랑스레 말해 주려 했었다. 하지만 찰리는 줄곧 술만 따라야 했고, 유진은 줄곧 욕설만 지껄여야 했다.

중만은 현숙을 생각했다. 중만이 네가 농구보다 더 좋아졌어, 라고 말했던 그날의 아름다운 밤을 생각했다. 그날 밤 현숙은 뜨거운 눈물을 흘렸고 중만은 아담한 여관방에서 벌거벗은 현숙의 종아리를 볼 수 있었는데. 종만은 그날의, 침묵한 채 곱게 오므려져 있던 현숙의 종아리를 다시금 떠올리다 그만 잠에 빠진 것이었다.

호기가 도착한 것은 중만이 잠든 후였다. 호기가 도착했으니 모두 모인 셈이었다.

"뭐야 이거? 내가 없는 게 그렇게 슬펐어?"

호기는 미안했는지 그렇게 얼버무렸다.

"늦게 잘 왔다. 나도 늦게 올걸 그랬어."

찰리는 호기에게 말했다.

"뭔데? 무슨 일인데?"

호기는 의자를 바짝 끌어당기며 담배에 불을 그었다.

친구가 늦게 도착했다면, 당연히 한번 더 이야기해 주어야 한다. 그것이 무엇이든 말이다.

찰리의 이야기는 호기의 술잔을 받으며 시작됐다. 찰리로선 귀찮았지만, 또 다시금 하고 싶은 이야기는 아니었지만, 그래도 해야 했으니 어쩔 수가 없었다.

쉽게 말하자면 중만이 차였다. 더 이상 무슨 이야기가 필요할까. 하지만 찰리는 그렇게 간단히 말할 수 없었다. 찰리는 그렇게 간단히 말하지 않았다. 찰리는 꽤 자세한 설명을 덧붙였다. 하지만 어쩐지 현숙의 입장을 대변이라도 하는 투였다.

"첫째로, 중만은 아버지가 없다. 우선은 이거지. 모든 집안에는 전성기라는 것이 있는 법. 그치만 중만네 집 전성기는 중만의 아버지가 돌아가시던 날 나란히 손잡고 막 내린 거야. 중만 엄마가 새엄마라는 건 알지?"

아는 사람은 다 알고 있었다. 친엄마보다 좋은, 흔치 않은 새엄마였다. 그래서 중만은 자라면서 지금까지 자신의 엄마를 새엄마라 생각해 본 적이 단 한번도 없었다. 그녀는 너그러웠고 아름다웠으며 무엇보다 중만을 사랑했다. 중학교 때까지 중만은 엄마의 젖을 만지며 잠이 들었으니 더 이상은 말하지 않아도 되겠다.

중만 아버지는 스무 살 이후로 꽤 성실히 여러 가지 일을 했지만 그다지 재미를 보지 못했다. 숱한 일 중, 종착점은 통조림 도매업이었다. 어린 중만의 친엄마가 죽은 다음 해부터는 더더욱 되는 일이 없었다. 하지만 새엄마를 만난 후, 중만 아버지의 삶은 달라졌다.

그 삶의 변환점, 그 한가운데 놓여 있는 것은 무수한 통조림 깡통들이었다. 통조림 도매업은 중만의 새엄마 덕에 시작된 일이었다. 보통 도매업은 아니었다. 중만의 아버지는 유통 기한이 지난 온갖 통조림을 전문적으로 취급했다. 통조림의 유통 기한은 그리 정확한 편이 아니어서, 사실 두세 달쯤 초과된다 해도 특별히 문제될 것이 없다는 것을 중만 아버지는 자신의 두 번째 부인에게서 들었다. 어차피 그 안에는 성능 만점인 온갖 화학 약품이 이미 들어가 있는 상태이므로 전혀 문제될 것이 없다고 중만의 새엄마는 중만 아버지에게 말했다.

그리하여 중만 아버지와 새엄마, 그리고 어린 중만은 사이좋게 모여 그 일을 하며 20세기의 끝자락을 함께한 것인데. 중만의 새엄마는 손에 물집이 생기도록 원래 붙어 있는 유통 기한 표시를 말끔히 지웠고 중만 아버지와 중만은 팔이 빠져라 새 유통 기한 도장을 박아넣은 게다.

어린 중만은 딱 한 번 아버지에게 물었다.

"이건 나쁜 일인가요?"

"모르겠다."

중만 아버지는 정말로 알 수가 없었다. 중만 아버지는 자신이 대답하지 못한 것이 끝내 아쉬웠다. 그래서 더 열심히 도장을 박아넣었고 악착같이 돈을 모았다. 그리고 중만 대신 젊은 청년 둘을 부리게 됐을 때, 그제야 중만 아버지는 한결 마음을 놓게 됐다. 덕분에 중만의 집에는 보다 많은 돈이 쌓이기 시작했는데. 그럼에도 중만 아버지는 이렇게 쉬운 돈벌이를 왜 그동안은 하지 못했을까, 하는 생각도 들곤 해서 자주 술을 마셨다는 사실. 그런 날이 하루 이틀이 아니었다.

"중만은 사춘기를 도장만 찍으면서 보낸 거야. 알겠지만 덕분에 괜찮게 살았잖냐. 하지만 그 일이 끝나니까 다 끝나버린 거지."

그렇게 말하고 찰리는 새 담배에 불을 그었다.

"그건 나도 아는데, 그 일은 꽤 오래전에 그만두셨잖아. 게다가 현숙이랑 헤어진 게 그거랑 무슨 상관이야?"

호기는 술잔을 털며 찰리에게 그렇게 되물었다.

"중만네 재산을 그 집 큰아버지가 다 가져간 건 알아?"

호기로서는 처음 듣는 말이었다. 호기의 표정은 달라졌고 이후 호기는 찰리의 설명을 보다 진지하게 듣기 시작했다.

가장 큰 문제는 혼인 신고였다. 이런 일을 예상이라도 한 것일까. 중만의 큰아버지는 중만 아버지와 새엄마의 결혼 발표를 듣자마자 결혼에 대한 조건을 하나 걸었다. 혼인 신고만은 하지 말 것. 그 시절이야 결혼이 급선무

였던 터라 그깟 신고 따위 아무래도 좋았기 때문에 중만 아버지는 두말없이 형의 제안을 받아들였다.

중만의 큰아버지는 왜 그랬을까? 역시 계획이 문제였다. 당시 큰아버지에게도 나름대로 정리된 계획이 하나 있었다. 그것은 자신이 잘 알고 있는 이혼녀와 관계된 것이었다. 중만의 큰아버지는 커다란 미장원을 갖고 있는 그 여자와 동생을 엮어주고 싶었다. 큰아버지 계획의 주된 내용이 그랬다. 그녀는 나이가 많았다. 또한 얼굴도 예쁘지 않았다. 하나 자식도 없고 미장원 외에 목욕탕도 하나 갖고 있어서 그런 것쯤은 아무런 문제가 되지 않았으니. 그것은 훌륭한 계획을 완성하는 데 있어 필요한 완벽한 재료였다. 중만의 큰아버지는 셈을 잘하는 편이어서 그 계획이 제대로만 된다면 그에게 돌아오는 몫도 적지는 않을 것이라 생각했다. 중만 아버지가 심하게 대들자 큰아버지는 인생을 뒤흔들기에 충분한 자신만의 철학을 중만 아버지에게 일러주는데.

"개새끼야! 사랑이 밥 먹여주냐?"

중만 아버지는 자신의 형에게 심하게 두들겨 맞았지만 그렇다고 해서 사랑을 포기하지는 않았다. 그랬다. 중만의 아버지는 끝끝내 진짜 사랑을 선택했다. 중만의 큰아버지도 가만히 있지는 않았다. 큰아버지는 홧김에, 그리고 자신의 자존심을 위해, 끝으로 행여 벌어질 다음의 일을 위해 그 조건을 극구 현실화시키고 말았다.

"다시 중만의 상황으로 돌아오자면, 아버지 없지, 어머니는 있는데 집안이 내놓은 여자지, 재산? 이제는 쥐뿔도 없지, 중만이 전공이 법학이냐? 치의학이냐? 작곡과다 씨발. 작곡과."

"그래도 현숙인 중만이 사랑했잖아."

호기는 저 옛날 중만 아버지처럼 말하고 있었다.

"그랬지. 하지만 난, 중만한테는 미안하지만 십분, 아니 백분 이해된다. 어찌 됐든 중요한 건 이거야. 저 새끼가 큰아버지한테 붙으면 만사 오케이거든. 한데, 그짓은 죽어도 안 한단다. 자기도 자기 엄마 사랑한다니 뭐 어쩌겠냐, 소주나 마셔야지. 너두 새끼야, 흥분하지 말고 현숙이 니 딸이라 생각해 봐라. 이게 말이 되냐? 사랑이 씨발……, 유치하잖냐."

찰리는 그렇게 말했다.

술에 취해 버린 친구들은 괴로웠다. 사랑 때문에 괴로웠다. 하지만 할 수 있는 일은 그 무엇도 없었다. 사랑이 씨발, 니들이 씨발, 사랑은 조또, 니들은 조또, 뭐 이러한 단어들만이 심한 괴로움에 빠진 친구들 사이를 수없이 왔다 갔다 할 뿐이었다.

누가 뭐래도 호기는 좋은 친구였다. 호기는 끝내 자리를 박차고 일어섰다. 멋지게 일어선 호기는 현숙일 불러

달라고 했다. 취한 모양이었다. 자기가 말해 보면 달라질 거라고 장담했다. 자기가 잘 이야기할 수 있다고 거듭 장담했다. 그랬다. 호기는 흥분하고 있었다. 그러나 한결 믿음직하지 않은가. 찰리도 유진도 호기의 말을 철석같이 믿었다. 호기는 충분히 그럴 수 있는 친구였다. 호기에게는 충분히, 그럴 만한 능력이 있었다. 찰리도 유진도 그것을 잘 알고 있었다.

이윽고 호기는 찰리에게 명령이라도 하듯 말했다.

"니가 전화해. 이리 오라고. 현숙이 어딨어 지금?"

호기의 질문에 찰리와 유진이 동시에 대답했다.

"보라카이래."


그 시간 보라카이 해변에 있는 멋들어진 호텔식 펜션에는 달빛이 유치하다 싶을 만큼 아름답게 빛나고 있었다.

어쩌면 16년은 페이지를 한 장 넘기는 것보다도 더 짧을 수 있지 않을까. 현숙은 그런 생각을 하고 있었다. 그리고 그것은, 최소한, 지금의 현숙으로서는 현실 자체였다.

현숙이 서른 살이 되던 날, 그 16년은 정말, 어쩌면, 한낱, 아름다운 추억이 되고 말았다. 그것은 유치원 졸업식 때 했던 연극이나 교회 오빠가 자신의 손을 덥석 잡았던 저 옛날 일요일 어느 햇살 부서지던 오후와 별반

다를 것이 없었다. 현숙은 그렇게 생각하기로 했다.

돌아갈 수 없다면 생각이나 하면서 즐거워하는 편이 나았다. 그것은 총명하고 정숙하다는 그녀의 이름에 걸맞은 결정이었다. 현숙의 부모는 현숙이 그렇게 자라준 것에 대해 감사했다. 현숙은 그렇게 지난날을 정리하기로 마음먹었다. 현숙에게 그것은 효도이기도 했으니 망설일 이유가 없었다.

현숙의 곁에서는 중만보다는 덜하지만 나름대로 괜찮은 남자가 젖은 머리칼을 말리고 있지 않은가.

"당신도 씻지그래? 피곤할 텐데."

남자는 그렇게 말했다.

"예."

현숙은 공손히 대답하며 욕실로 향했다.

현숙은 이날을 기다려왔을까? 욕실 거울을 들여다보면서 현숙은 새삼 그러한 생각에 잠겼다. 아무래도 그런 것 같지는 않았다. 기다려왔다기보다는 계획해 온 것은 아닌지. 열세 살 이후 현숙의 생리 주기는 자로 잰 듯 일정했다. 현숙은 중만보다는 덜하지만 나름대로 괜찮은 남자에게 오늘을 결혼일로 잡자고 짐짓 교태까지 부려가며 부탁했다. 결혼에 있어 현숙에게 가장 중요한 것은 날짜를 맞추는 것이었고 그것 역시 현실이 됐다.

중만보다는 덜하지만 나름대로 괜찮은 남자는 현숙이

욕실에서 나오자마자 그녀를 침대에 눕혔다. 현숙은 남자에게 불을 꺼줄 것을 정중히 요구했고 이어 침대에 젖은 몸을 뉘었다. 남자는 현숙의 뽀얀 얼굴을 바라보며 발정 난 돼지처럼 달려들었고 현숙은 지그시 남자의 어깨를 밀쳐냈다. 현숙은 어쩌면 남자들은 하나같이 똑같을까, 라는 생각을 했고 잠시 중만의 어깨도 떠올렸다. 하지만 현숙의 목덜미는 급히 달려드는, 중만보다는 덜하지만 나름대로 괜찮은 남자의 어깨를 향해 급할 것은 하나도 없으니 천천히 해도 된다 말하고 있지 않은가. 하나 세상 대부분의 남자가 그렇듯 남자는 멈출 줄 몰랐다. 남자는 그러한 자신을 자랑스럽게 여기는 듯 보였다. 그러나 현숙은 이 같은 남자의 성급함까지 자신의 계획에 넣어둔 지 오래였다. 이어 남자는 성급히 삽입했다. 그와 동시에 현숙은 준비해 둔, 고통스러운 신음을 내질렀다. 그것은 완벽한 타이밍이었다. 이어 현숙은 다시 남자의 허리를 껴안는데.

순간, 중만보다는 덜하지만 나름대로 괜찮은 남자는 자신의 그곳과 현숙의 손에 묻어 있는 붉은 피를 발견하고 놀라지 않을 수 없었다. 현숙은 계속해서 타이밍을 놓치지 않았고 그에게 아무렇지도 않은 듯 말을 이어 붙였다.

"너무 아파서 안 되겠어요."

현숙은 그렇게 말했지만 남자에게 그 말은 당신 때문에 피가 나버렸어요, 라고 들렸으니 그 순간 현숙의 표정이 얼마나 사랑스러웠는지, 그녀의 입술을 본 사람이 아니고서는 아무도 말할 수 없으리라. 현숙의 피는 내일이면 완전히 멎을 터였지만 현숙의 표정은 이 밤이 새도록 피를 토할 것 같다 호소하고 있지 않은가. 현숙은 자신의 주기를 다시 한번 떠올려야 했다. 그 정확한 현숙의 주기는 그녀로서는 신의 축복과도 같았다.

남자는 처음보다도 더욱 조심히 그녀의 몸을 다루며 그녀의 이마에 입맞춤하고는 자리에 누웠다. 한동안 남자의 입가에는 미소가 떠나지 않았다. 남자는 자신의 팔을 베고 있는 여자의 맑은 두 눈을 아주 오랫동안 들여다보면서 강한 책임감이랄까, 그런 말도 안 되는 일체의 감정들을 온몸으로 받아내고 있었다.

그러나 현숙은 남자의 곁에 오랫동안 누워 있지 않았다. 현숙은 이내 자리에서 일어나 베란다로 향했다. 분홍색 천으로 된 소파가 있는 그곳에는 제법 시원한 바람이 불고 있었다. 현숙은 보라카이의 푸르른 해변을 바라보며 다시 한번 중만을 생각했다.

남자는 그 짧은 순간조차 견디지 못하고 다시금 현숙에게로 돌아왔다. 베란다로 다가온 남자는 현숙에게 와인 잔을 건네며 물었으니.

“처음이었던 거야? 그랬구나.”

평소와는 완전히 다른 말투로 남자는 말했다. 현숙은 자신의 앞에 선 모든 것을 다 알아서 해주겠다는 듯한 눈빛의 남자를, 좋아 죽겠다는 그의 표정을 보면서 어지러웠다. 그리하여 현숙은 4박 5일의 허니문 내내 어지럼증에 시달리게 되었다.

다시 서울로 돌아온 남자는 그 일을 계속해서 떠올렸고 바보처럼 웃었다. 그날 밤은 남자에게 잊지 못할 영화 속 추억의 명장면이었다. 남자는 그 밤을 오랫동안 생각했고, 주변의 지인들에게 자랑했으며, 하루가 무섭게 현숙에게까지 새삼 깨우치려 했다. 남자에게 있어 불순물에 불과한 현숙의 핏방울은 그다지도 중요했던 것이었다.

현숙은 완벽하게 그 남자를 속였고 남자는 더욱더 현숙을 아끼기 시작했다. 그렇다면 남자도 현숙을 속이고 있는 것일까. 시간이 흘러 어느 날 두 사람 모두가 서로에게 솔직해지기로 약속하고, 실제 그렇게 한다면 그들은, 행복할 수 있을까.

현숙은 중만을 떠올릴 때마다 그런 복잡다단한 생각을 할 수밖에 없었다. 같은 서울 하늘 아래 중만은 무얼 하고 있을까. 아니 중만을 만날 수나 있을까. 그러기에는 서울이 또 너무 넓지 않은가. 그럼에도 그 시각 중만

은 현숙을 잊지 못했으니, 아아 어디 사랑이란, 게다가
버림받은 사랑이란 그리 쉽게 지워질 상처이던가.

# 다이얼 맞추는 법

사람들은 이렇게도 해보고 저렇게도 해본 다음에야 번호를 맞춘다.
하지만 그건 정말이지 어리석은 일이라 할 수 있다. 번호는 정해져 있기 마련.
그러니 신중해야 한다.
사실 주어진 기회란 누구에게나 한 번뿐 아닌가.

중만에게는 선택의 여지가 없었다. 슬프거나 혹은 괴롭거나. 요컨대 어느 쪽을 선택했을 경우라도 중만에게 득일 것은 없었다. 그래서인지 무슨 이야기를 꺼내도 중만은 같은 대답만 했다.

"알아, 안다고. 그러니까 신경 쓰지 마."

중만은 끝내 친구들과의 연락을 스스로 끊었다.

유진은 세상에서 가장 절망적인 말이 선택의 여지가 없다는 말임을 잘 알고 있었다. 유진이 가슴 아파 한 것은 그 때문이었다. 이도 저도 선택할 수 없는 상황. 이편이든 저편이든 어떤 선택의 경우에도 같은 결과가 나오는 웃지 못할 상황. 세상에 그보다 더 절망적인 상황은 없는 듯했다. 유진은 중만을 도와주고 싶었다. 하나

보라카이는 또 너무 멀었으니 결국 유진의 상황도 중만의 상황과 다르다 할 수 없지 않은가.

그렇다 한들 가만있을 유진은 아니어서 유진은 그 같은 중만의 상황이 지속된다면 공항에라도 나서리라 마음먹었다. 현숙의 머리채를 잡든지 그 알 수 없는 놈의 이마 정 중앙에 주먹을 후리든지. 그렇다 해서 달라질 것은 없겠지만, 아니 중만은 오히려 화를 낼지도 몰랐지만, 최소한 유진은 그렇게라도 해야 속이 풀릴 것만 같았다. 유진은 빈 주먹을 있는 힘을 다해 쥐었다. 자신의 일이 아니라도 바보같이 앉아 당하고만 있는 것에 대해 유진은 지칠 대로 지쳐 있었다.

그리하여 유진은 인천 국제공항으로 가는 길을 셈해보았다. 한데 그곳도 보라카이만큼 멀지 않은가. 참지 않을 수 없었다. 중만에게 전화를 걸어볼까도 싶었다. 한데 또 뭐라 할 말도 딱히 없지 않은가. 그래 참아야 했다. 유진이 분에 못 이겨 빈 주먹 꾹 쥔 채 애꿎은 담배만 소리 나게 빨아댔던 것은 그 때문이었다.


민성에게서 연락이 온 것은 중만과 술자리를 가진 지 엿새째 되는 날이었다. 맨 처음 유진은 민성의 목소리를 알아듣지 못했다. 그도 그럴 것이 10년 전의 일이거니와 중만의 사건으로 머릿속은 잔뜩 뒤엉켜 있던 터였다.

친구들의 고교 동창이기는 녀석도 마찬가지였다. 고교 1학년 시절, 민성도 친구들과 함께 어울렸다. 졸업 후 대학에 진학하지 못했다는 이유만으로 친구들의 틈에서 빠져나온 터였지만 친구들에게는 민성과 함께한 추억도 많았다. 그랬던 민성이었다. 실로 10년 만에 듣는 목소리. 그 소리를 듣자마자 유진의 눈앞으로는 친구들과 함께한 고교 시절이 스쳐 지났다. 전화기 너머 녀석은 그렇게 다가왔다. 이를 수 없이 반가웠으니 들뜬 마음에 어쩔 줄 몰라 유진이 전화선마저 잡아당긴 것은 그 때문이었다.

유진이 한마디 하면 민성이 대구를 이뤘으니 그것은 실로 정겨운 대화였다.

"어쩐 일이야? 세상에, 그동안 어디 있었어? 정말 반갑다."

"그래. 나도."

"야 진짜……, 정말 반갑다. 그래, 뭐 하고 지내?"

"응, 그냥. 지낸다."

"그렇구나……. 아 이 자식. 아무튼 반갑다 야."

"실은 부탁 있어 전화했다. 그래, 다른 친구들한테도 연락했다. 찰리 번호만 알고 있었는데 다 일러줬다."

"야, 친구가 십 년 만에 부탁하는데 들어줘야지, 뭔데?"

"성공할 수 있는 거다. 그냥 이야기만 들어주면 된다."

"그래? 아무튼 진짜 반갑다. 그러지 뭐."

"고맙다."

"그나저나, 야 진짜 반갑다. 아, 나 참, 이 자식."

"그래."

"거 참, 반갑다고 새끼야."

그런데 그렇게 할 말이 똑 떨어질 것은 또 무엔가.

그토록 부자연스러운 대화의 마무리, 그 끝은 침묵이었다. 민성에게는 더 이상 하고 싶은 말이 없었다. 민성은 침묵했다. 6밀리 전화선을 사이에 두고 벌어진 10년 세월, 그 침묵을 감당하기 어려운 것은 유진도 마찬가지였다. 정말 반갑다. 또 반갑다. 그래 반갑다. 이것 참 반갑다. 줄줄이 이어놓고 보니 유진으로서도 더 이상 할 말이 없었다. 유진은 저 옛날 다섯이 모였던 교내 운동장과 체육관 뒤 담벼락 가득 메웠던 낙서들과 바닥에 비쭉 자라났던 이끼 따위들, 그런 것들만 떠올리다 맥없이 전화를 끊어야 했다. 유진은 생각했다. 그때 우리는 무얼 하고 지냈을까.

아아, 옛 친구의 전화는 그렇듯 회한 투성이었던 게다.

하지만 그 전화가 아주 쓸모가 없는 것은 아니었으니.

그 전화 덕에 곧 민성의 부탁으로 인해 친구들은 다시 한자리에 모일 수 있었다는 얘기겠다. 스스로 연락을 끊었던 중만마저도 나타났으니 친구들은 민성의 전화가 또 고맙지 않았겠는가.

민성은 친구들 모두에게 정중히 부탁했다. 그렇지 않았다면 나타날 중만이 아니었다. 정중한 부탁은 거절하지 못하는 중만이었다. 중만은 그새 좀 야윈 듯한 모습이었다. 그도 그럴 것이 얼마나 마음고생이 심했겠는가. 그럼에도 중만은 약속 장소에 늦지 않게 도착했다. 친구들은 애써 아무렇지도 않게 중만을 대하느라 힘들어 했다. 하지만 다시 중만과 함께라는 것만으로 기뻤으니 대관절 힘들 것은 또 무엔가.

삼거리 앞에서 버스를 탄 친구들의 목적지는 동대문이었다. 민성은 말했다. 동대문에 있는 삼구 빌딩인데 워낙 유명한 곳이니 금세 찾을 수 있을 것이라. 하지만 친구들은 그런 이름 들어본 적 없었다. 아무려나 어떤가. 어찌 됐든 오랜만에 대낮의 서울을 보는 것이, 그리고 그만큼 밝아진 중만의 얼굴을 볼 수 있는 것이 친구들은 마냥 좋을 뿐이었다. 잊어버려라. 무정한 것이 사랑이다. 그것이 진정 사내의 로망이다. 중만의 머리 위에서 햇살은 그렇게 빛났고 징글징글한 도시의 비둘기들은 멀리멀리 하늘로 홰를 쳤으니 동대문이 눈앞에 나타났을 때 친구들은 베트남 관광객처럼 소리 지르지 않을 수 없었다. 야 동대문이다. 낮에 보니 새롭다. 친구들 기분은 들뜨고 있었다. 친구들 고향의 몇 안 되는 자랑거리인 동대문이었다. 이제는 옷 사러 다니는 일본인들 천지지만 한때 동대문은 아름다웠었다. 유진은 문득 그러한 생각을 했다. 한낮인데도 동대문 사거리는 정체의 연속이었으나 옛 기억을 더듬는 유진의 생각까지는 막을 수 없는 모양이었다. 때문에 친구들은 정말 관광객처럼 도시의 이곳저곳을 살필 수 있었다. 찰리는 카메라를 가져올걸 그랬다 했다.

삼구 빌딩을 찾는 데에는 꽤 많은 시간이 필요했다. 예컨대 그것은 동대문 운동장의 좌석 찾기와 비슷했다. 여기는 저기 같고 저기는 또 여기 같았으니 제아무리 서울 친구들이라 해도 아무 데나 주저앉고 싶은 생각이 간절할 수밖에 없었다. 일렬로 늘어선 좌판 상인들에게 줄줄이 물어도 물음표요, 신호기 앞에 서 있는 의경에게 물어도 고개만 가로저을 뿐이니 친구들은 난감했다. 평화상가 2동 틈새에 끼인 그 건물을 발견했을 때 친구들이 새삼 배신감 비슷한 것마저 느낀 것은 그 때문이었다. 그것은 빌딩이라 부르기조차 민망해 보였다.

문제의 3층은 넓은 강당이라고 표현하는 것이 더 나을 듯 보였다. 합기도 도장으로 사용된 듯한 그곳의 바닥에는 여전히 푸른빛의 유도용 매트가 그대로였다. 그럼에도 강당 중앙에는 꽤 많은 사람들이 모여 있어서 친구들은 신기해했다.

"이왕표 선생님 경제적으로 좀 어려우신 거 알지? 암만 그래도 이런 곳에서는 시합 안 뛰실 거다."

"내 예전에 '유에프오의 신비' 강연 들어봤는데 딱 이 분위기였다. 씨발, 거기가 유에프오인 줄 알았다니까."

친구들이 그렇게 중얼거릴 때 민성은 사람들 틈에서 빠져나왔다. 일행을 발견하고 이내 달려온 민성은 친구들의 손을 번갈아 부여잡았으며 흔들기까지 했다. 전화할 때의 목소리와는 사뭇 달라서 유진은 좀 놀랐다. 민성은 여전히 친구들 모두에게 부담스러울 만큼의 반가움을 표시하고 있었다.

"고맙다. 너희가 진짜 친구다."

"그럼, 우리는 가짜는 취급 안 하지."

호기는 민성을 향해 그렇게 대꾸했다.

"어쩌지? 늦었다. 사실, 난 말주변이 좀 모자라서, 저기 강사님께서 자세히 설명해 주실 거다. 그냥 듣고 생각해 줬으면 한다. 미국서 공부하고 오신 굉장한 분이다. 아무튼 정말 고맙다. 곧 시작될 거다."

민성의 어투는 그렇듯 여전히 딱딱했다. 때마침 한 사내가 민성을 불러서, 민성은 친구들과의 회포를 멈추어야 했다. 사내는 민성에게 이봐 김 대리, 라고 말했다. 민성은 친구들을 향해 눈을 찡끗해 보이고는 예 하고 크게 대답한 다음 사내 쪽으로 달아났다.

민성과 인사를 마친 친구들은 다시 강당을 둘러봤다. 역시 고교 시절의 체육관, 그 이상은 떠오르는 것이 없었다. 친구들은 말했다.

"김 대리래. 성공했네. 넥타이도 매고."

"민성. 쟤 이름 뜻이 그거였을걸. 빠른 성공. 분위기 봐라. 딱 다단계다."

"제목은 멋지네. 인생의 다이얼을 돌려라! 근데 자리가 영 그렇다. 어디 앉냐?"

"이 사람들, 다 우리처럼 모인 걸까? 오징어 팔아도……."

친구들이 이야기를 나누는 사이 강연은 시작됐다. 민성은 한 손에 레이저 포인터를 들고 연단의 옆에 섰다. 강사가 인사를 하고 연단 위에 오르자 좌중의 사람들은 박수를 쳤고 민성은 잔뜩 고개를 숙였다. 그것이 민성의 일인 모양이었다.

다시 사람들 틈 속으로 들어간 민성이 맡은 것은 포인터였다. 민성의 표정은 더할 나위 없이 진지해서 친구들은 손을 흔들어줄 수 없었다. 대신 민성의 소개로 연단에 오른 강사가 위엄 있는 자세로 좌중에 손을 흔들어

보였다. 민성의 손끝에서 뿜어 나온 여리고 붉은빛이 스크린 주위를 어슬렁거리기 시작한 것은 바로 그때였다. 민성은 성공을 갈구하는 수많은 사람들 틈에 숨어버렸다.

대체 민성은 저기서 무엇을 하고 있다는 말인가. 민성의 손끝을 따라 나온 붉은 빛을 보며 유진은 참담한 기분을 느껴야 했다.


일단 결정을 내려야 한다는 것이 으뜸가게 중요합니다. 그것이 무엇이든 간에 먼저 결정부터 해야 하는 것입니다. 결정은 최종 단계가 아니라 선행 단계인 것입니다. 결정이 일 번, 퍼스트, 즉, 으뜸입니다. 실제로 수많은 사람들이 이것을 의아해했습니다. 물론 여러분들도 이게 뭔가 싶어 지금 이 순간 의아해하고 있을 것입니다. 하지만 이것은 검증된 사실이기 때문에 무조건 믿어야 합니다. 왜냐곤, 어째서, 와이, 묻지 말아주십시오. 어째서인지에 대해 달리 설명할 길은 없습니다. 이를테면 운명 같은 것을 어떻게 설명할 수는 없는 것입니다.

그렇다고 해서 믿어달라는 부탁? 그런 건 하지 않습니다. 그건 사깁니다. 도무지 믿기 어렵다면 그 결정이란 것을 맨 마지막에 내려, 쓰디쓴, 정말로 쓴, 얼굴 찌그러지는 실패를 맛본 수많은 사람들을 떠올리길 바랍니다. 그럼 당장에라도 마음이 바뀔 것입니다. 그러한 사람들의 수는 엄청나니까 그리 어려운 일도 아닙니다. 그럼에도 마음이 바뀌지 않는다면, 당장에라도 관두면 그만인 것입니다. 그저 그 많은 사람들의 대열에 합류하면 되니 역시 어렵지 않겠습니다. 콩은 두 말이나 서 말이나 콩인 것입니다. 그런다 해도 달라질 것은 아무것도 없는 것입니다.(이 부분에서 유진은 '비유법까지 쓰네, 공부 많이 했나 봐.'라는 추임새를 넣었다.)

하지만 그것은 패일드! 곧 실패입니다.(이 부분에서 찰리는 '오호 발음 좋고!'라고 맞장구쳤다.) 거기 뒤쪽 분들은 자리에 앉아주시길 바랍니다.

자, 이제 믿을 수 있겠다! 그렇게 생각했다면 보시기 바랍니다. 물론 당신은 믿을 것입니다. 여기 보시기 바랍니다. 그럼 어떻게 합니까? 쓰윽 다음 단계로 넘어가면 되는 것입니다. 당신은 할 수 있습니다. 다음, 두 번째 단계는 시간이 좀 걸립니다. 결정을 했다면 완벽하다 생각될 때까지 계속해서 계획을 세워야 하는데 이것이 두 번째 단계입니다. 횟수는 많을수록, 시간은 넉넉할수록 좋습니다. 여러 사람들의 도움을 받는 것이 좋습니다. 하지만 그것은 동시에 그들을 돕는 일이라는 것을 잊지 마시기 바랍니다. 그러니 부득이 시간이 좀 걸릴 수 있는 것입니다. 여기에는 어떤 논리를 적용하기 곤란합니다. 생각이란 거듭할수록 전혀 엉뚱한 방향으로 흘

러가곤 하기 때문에 그것을 종합해 딱 부러지게 말하기
란 여간 곤란하지 않습니다. 하지만 그것이 생각지도 못
했던 성공을 가져다준다는 것을 잊지 말고 밀어붙이시길
바랍니다. 인류의 역사는 사실상 그렇게 발전해 왔습니
다. 아시죠? 아시죠? 아차 이건 또 뭐야? 하는 순간에
세상 모든 새로움은 시작됐던 것입니다. 사실 그것도 일
종의 논리로 여겨지고 있기는 합니다. 캬아오스! 그것을
영어로 그렇게 말합니다. 혼돈 이론이라는 것이 있습니
다. 좀 어려운 이론이지만 참고하시기 바랍니다. 요는
혼돈 속에서 찾는 법칙이야말로 최고의 진실이며 그 법
칙은 결코 무너지는 법 없다는 것입니다. 뭔지도 모를
테니, 어찌 됐든 무너질 리 없는 것입니다.(이 부분 이후
로 중만은 하품을 하기 시작했다.)

　우리는 지금, 혼돈 속에서 살고 있습니다. 아무튼, 그
렇게, 수많은 계획을 거친, 잘 다듬어진 최종 계획이 완
성됐다면 끝으로 무엇을 해야 합니까? 그렇습니다. 이제
야 실행이 나오는 것입니다. 실행을 위해 최선을 다해야
합니다. 여기서 주의해야 할 점은 꽤나 적극적이어야 한
다는 것입니다. 최고의 계획을 세워놓고서도 그 계획의
완벽함에 마음을 빼앗겨 정작 실행 단계에서 실패한 사
람들도 적지 않다는 것을 잊지 마시기 바랍니다. 최선을
다한다는 것. 그것은 새삼 말할 필요도 없는 것입니다.

자, 끝으로 요점 정리 들어갑니다. 일단 결정 내리시고, 그 다음 계획하고, 그 다음 최선을 다해 실행하라. 그런 다음, 다이얼을 돌리면 되는 것입니다. 제대로 된 위치에 돌려 맞춰놓으면 되는 것입니다. 그럼 끝입니다. 강조컨대 어렵지는 않습니다. 이것을 인생의 지침서로 쓰셔도 좋습니다. 새로운 세상이 열리는 것입니다. 뉴우 월드. 그것을 미국에선 그렇게 말합니다. 어떻게 하시겠습니까. 지금 포기하실 수 있겠습니까? 그럼 자신 있게 일어나 나가셔도 좋은 것입니다.

저희 회사에서 제공하는 물건은 일단 생필품입니다. 값비싼 자석 보료, 먹지도 않는 홍삼 가루, 아무짝에도 쓸모없는 세척제 따위가 아니란 것입니다. 그렇기 때문에 생활하면서, 살면서, 누워서 돈을 번다, 이렇게 생각할 수도 있는 것입니다. 하지만, 그것은……. (이쯤 되고 보니 호기는 친구들에게 말하지 않을 수 없었다. '에라이 씨발 가자.')


사내는 손에 쥔 마이크 줄을 왼쪽으로, 또 오른쪽으로 바꿔가며 쉬지 않고 말했다. 맨 뒷줄에 앉아 있는 몇몇을 제외하고는 대부분 사내의 말에 귀 기울이는 듯했다. 친구들에게는 오히려 그것이 더 신기했다. 고개까지 끄덕이는 사람도 제법 눈에 띄었던 것이다. 사내는 성공한 셈이었다. 모인 사람들의 눈빛은 하나같이 진지해서 당장이라도 일어서 그의 뜻이니 따르자 소리칠 듯 보였다. 하나 사내는 실패한 것이었다. 창가 쪽에 일렬로 앉아 있던 친구들이 순간 자리를 털었기 때문이었다.

친구들이 일어나자 사람들은 웅성이기 시작했다. 급기야 분위기는 깨졌다. 사내는 뒤늦게 깨달았다. 나가라, 떠나라, 하지 않아도 좋다 따위의 부정적 단어를 내뱉는 것이 아니었다. 하지만 후회하기에는 너무 늦고 말았다. 친구들은 이미 뒤돌아선 후였다. 사내가 말을 멈추고 친구들만 바라본 것은 그 때문이었다.

그러나 그런 눈빛에 흔들릴 친구들도 아니었다. 친구들의 뒤통수는 뜨겁지 않았다. 끝내 거침없이 일어난 친구들은 사람들 사이를 휘저으며 출입문을 향해 성큼성큼 발을 내딛었다. 결의로 가득했던 좌중의 분위기는 그렇게 무너졌다. 부부로 보이는 남녀는 아예 친구들의 뒤를 쫓았다.

문을 나선 친구들은 도망치듯 비상구로 향했다. 뒤따라온 남녀는 엘리베이터를 택했고 친구들은 그 좁아터진 계단 주변에 옹기종기 모였다. 대부분 빌딩이 그렇듯 그 건물의 비상 통로에도 유리창은 보이지 않았다. 그 덕에 친구들은 안도의 한숨을 내쉴 수 있었다. 비상구다운 적당한 어둠. 그것은 언제나 친구들을 편안하게 했다. 친구들은 약속이라도 한 듯 주머니를 뒤적여 담배를 입에 물었다.

"눈부셔 죽는 줄 알았다. 넌 하필 자리를 택해도 그런 데 가 앉냐."

"우리가 너무 일찍 온 거야. 그러게 서두르지 않아도 된다고 했잖아."

"그래도 말은 잘하네. 마지막 부분 좋았잖아. 진짜 인생의 지침으로 삼아도 되지 않겠어?"

"온열기 하나에 구십팔만 팔천구백 원이면 사기야. 용산 가면 이십오만 원에 살 수 있어. 그걸 떠나서, 끝에 구백 원이나 팔백 원 붙이는 새끼들은 정말……. 구백 대나 팔백 대 정도 때려줘야지. 그러고는 구십만 원대 가격 어쩌고 하잖아. 그게 백만 원대지 구십만 원대냐? 반올림도 못하는 것들 같으니라고."

"결정하고, 계획하고, 실행하라. 그래도 멋진데……."

"병신. 계획하고, 실행하라 하고 별 차이가 없잖아."

"가자 씨발. 맥주나 마시자. 어쨌든 우린 할 만큼 한 거야. 옛 친구에 대한 최소한의 예의는 지켰어. 아무튼 저놈 성공하기나 빌자고."

"충분했지. 사십 분이나 앉아 있었는데."

그날 그렇게 친구들이 맥없이 헤어졌다면 이토록 장황한 이야기를 굳이 할 필요 없겠다. 그날의 해프닝을

뒤집은 것은 예상했겠지만 중만이었으니, 집으로 갈 것
인지 아니면 유진 호프에 갈 것인지 친구들이 결정하지
못하고 있던 찰나 중만은 비로소 입을 열었던 게다. 그
중만의 한마디 말이 친구들 모두의 발목을 확 부여잡았
던 게다. 그날을 잊지 못할 날로 만든 것은 사실 중만의
목소리에 실린 알 수 없는 힘 때문이었다.

"나도 할래."

그 말을 단박에 알아들은 것은 찰리뿐이었다. 호기와
유진은 그 뜻을 한참 만에야 깨달았다. 믿지 못하겠던지
유진은 되묻기까지 했다.

"뭘 한다고?"

"이런 씨발, 나도 한다고. 다이얼 돌린다고!"

이럴 때 음악이라도 짜잔 흐른다면 더할 나위 없겠다
만, 하나 음악만 흐르지 않았을 뿐 중만의 목소리에도
그에 버금가는, 앞서 말한 바 언더스탠드 하기 힘든 그
어떤 임팩트가 살아 숨쉬고 있었으니 그냥 넘어가도 무
리는 없겠다. 그랬다. 순간 친구들은 알아차렸던 게다.
그리하여 친구들 모두는 그 회한의 창고 같은 곳을 벗어
나 비상구에 모여 끝내 결정을 내렸으니, 아뿔싸, 그
비상구 계단 천장에는 이엑스아이티라 쓰여 있는 것 아
닌가.

# 오렌지와 데칼코마니

반을 잘랐음에도 전혀 다른 것이 있다.
그것을 하나라 해야 할까 둘이라 해야 할까.
오렌지가 생각에 도움 되는 이유가 거기에 있으며
데칼코마니가 예술이 될 수 있는 이유도 거기에 있다.
물론 이것은 찰리의 생각이다.

그날 이후 찰리는 자취를 감췄다. 찰리는 자신의 아끼던 전화기의 선을 뽑아 그 연결 부위를 시원스레 밟아버렸다. 찰리는 대신 냉장고에 든 차가운 오렌지 주스를 선택했다. 그것은 계획이었다.

6밀리 전화선은 더 이상 친구들을 묶어줄 수 없었다. 친구들에게는 보다 견고하고 보다 유연한 줄이 필요했다. 찰리는 그것이 자신의 새로운 계획임을 잘 알았다. 선을 잃어버린 전화기는 멈춘 탁상시계처럼 보였으나 찰리는 동정하지 않았다. 뿐만 아니라 찰리는 두께를 더해갔던 자신의 노트도 주저하지 않고 쓰레기통에 던져 넣었다. 그것은 새로운 계획을 알리는 청신호인 셈이었다.

찰리는 친구들에게 당부했다. 당분간 전화는 사용하

지 않겠다. 결국 우리 모두가 함께하게 됐으니 예전의 계획일랑 잊어야 되겠다. 특별한 일이 아니면 돈이 모인 다음에 보는 것이 좋겠다. 일주일이면 너희들에게도 할 일이 생기겠다.

찰리의 당부를 듣고 친구들도 한마디씩 거들었다. 유진은 말했다. 오바다. 중만은 말했다. 무슨 계엄군도 아니고 이제부터는 같이 해야 하지 않겠나. 하지만 끝내 상황은 호기의 말로 정리됐다. 계획은 어차피 찰리의 몫이다. 그러니 따르자. 그런 식으로 호기는 찰리를 향해 결의 가득한 눈빛을 보냈다. 호기는 찰리를 믿기로 했다.

새로운 계획이 시작되던 첫날 호기가 찰리를 찾은 것은 그런 이유에서였다. 대충이나마 얼마의 돈이 필요한 지도 호기로서는 알아둘 필요가 있었다. 물론 행여 찰리가 계획에 대해 자신에게는 조금이라도 이야기해 주지 않을까 하는 기대를 한 것도 사실이었다. 하나 찰리는 함구했다. 찰리는 예상 금액만 딱 잘라 말했을 뿐 더 이상의 이야기를 하지 않았다. 찰리는 호기에게까지 오렌지 주스를 건넸다.

"이거, 생각하는 데 도움돼."

"어."

무심코 잔을 받아든 호기는 잔을 비우고 나서 찰리의

이름을 나지막이 불렀다.

"찰리야."

"어?"

"될까?"

"될 거야."

"찰리야."

"어?"

"언제 끝나?"

"곧."

"우리보다 빨리 끝나?"

"니들 돈 준비하기가 어렵지. 난 그때까지 맞출 수 있어."

"그런데 찰리야."

"어?"

"잘하라고."

"그래."

그날 호기는 찰리의 냉장고에 오렌지 주스 팩을 몇 개 더 채워 넣어주고는 그냥 돌아왔다. 호기에게도 해야 할 일은 많았다. 호기와 유진 그리고 중만은 이제 돈을 모아야 했다.

찰리가 요구한 돈을 모으는 데에는 꼬박 한 달이 걸렸

다. 호기는 정수기 영업 아르바이트를 했고 유진은 주유
소에서 일반 휘발유 코너를 맡아 주야로 주유를 했다.
변변치 않은 벌이였으나 그래도 부족 분을 채우기에는
괜찮은 급여였다. 찰리는 말했다. 530만 원. 그것은 친
구들의 최종 목표였다. 호기와 유진이 먼저 모아두었던
돈과 중만이 깬 예금 통장의 금액까지 합쳐 친구들은 예
상 금액을 모으는 데 성공했다. 찰리도 가만있지는 않았
다. 찰리는 24만 원을 계좌 이체시켰다. 그렇듯 찰리는
얼굴을 내밀지 않았다. 친구들에게 하루하루는 기다림의
나날이 됐다. 친구들은 유진 호프에 모여 맥주를 마시며
찰리의 계획이 완성될 그날만을 기다리고 있었다.

끝내 찰리가 삼거리 버거킹에 모습을 나타낸 것은 딱
한 달하고도 12일 만이었다. 그날 찰리는 새로운 하늘을
보았다. 새로운 책상을 보았고 새로운 노트를 보았으며
무엇보다 새로운 자신을 발견했다. 그래 찰리는 다시 친
구들에게 전화를 걸었으니 이렇게 말한 게다. 삼거리 버
거킹으로 와달라고. 계획은 이제 완전히 끝이 났다고.

찰리는 잔뜩 허리를 굽힌 모습으로 나타났다. 찰리의
혓바닥은 샛노랗게 변해 있었다. 눈두덩은 퀭한 상태였
고 그동안 자란 수염 역시 그대로였다. 찰리도 한 달 전
중만처럼 야위어 있었다. 하지만 찰리는 개의치 않는 듯
했다. 찰리는 믿음직스러워 보였다. 시간은 모든 것을

망가뜨리면서 동시에 모든 것을 이룩하는 법. 찰리가 오랜 기다림을 견딜 수 있었던 것은 그 때문인지도 몰랐다. 찰리에게 주어진 40여 일의 시간은 그렇게 사용됐다. 같은 얼굴을 하고 있지만 다르게, 마치 반쪽의 오렌지처럼.

계획을 세우는 내내 찰리는 무수한 자기 자신과 상대해야 했다. 찰리가 야윈 것은 그 때문이었다. 누군가에게 속는 자신과 누군가를 속이는 자신이 뒤엉켰기 때문에 찰리는 얼마나 진땀을 흘렸는지 모른다. 아니 좌우가 뒤바뀐, 그럼에도 꼭 같은 모습을 한 그 기묘하고도 서글픈 광경은 그 자체만으로 찰리를 몸서리치게 하기에 충분했다. 찰리는 그때 중학 시절 미술 시간에 배웠던 데칼코마니를 떠올렸다. 분명 같은 모습인데도 좌우가 뒤바뀌었다는 이유만으로 기괴하기 이를 데 없었던 그 갖가지 색의 향연을. 자신의 이름과 실제 자신의 모습이기도 한, 자신의 운명과 실제 자신의 삶이기도 한 그 기막힌 앙상블을.

찰리는 속았다. 사실 급격히 좋아진 찰리의 기억은 애초에 그런 것이었다. 이제 그 그림은 곧 하나가 되리라. 찰리는 끝내 그렇게 마음먹었다.

찰리는 자신이 좋은 친구인지 아니면 나쁜 친구인지에 관해서도 생각했다. 친구들의 진화와 자신의 진화에 대해서도 생각했다. 서울의 밤거리가 황량한 이유와 친구들과 수없는 전화 통화를 해야 했던 이유. 그런 것들을 떠올리며 찰리는 계획을 짰다. 찰리가 그간 쉽게 결정을 내리지 못한 이유는 하나였다. 제아무리 친구라 할지라도 상대방을 변화시킬 수는 없는 법. 하여 찰리는 친구들의 변화를 기다려왔던 터였다. 아니 깨우침을 기다려왔던 터였다. 친구들이 모두 결정했으니 이제 대답은 하나일 수밖에. 데칼코마니는 '나'였다.

찰리의 계획에 균열이 생기고 있었던 것은 사실이었다. 하지만 찰리는 멈추고 싶지 않았다. 엉킨 실타래를 풀 수 있는 두 가지 방법. 꼼꼼히 되짚어 풀거나 가위로 싹둑 잘라버리는 것. 찰리는 끝내 가위를 선택했고 계획은 그렇게 완성된 것이었다.

버거킹은 언제나처럼 붉은빛을 발하고 있었다. 의자도 탁자도 심지어 햄버거를 싼 종이 위의 상표마저도 활활 타오르고 있었다. 친구들은 어째서 버거킹이냐는 질문을 먼저 해야 했다. 친구들은 그간 유진 호프에서 찰리를 기다리지 않았던가.

"여기는 누가 무슨 얘기를 하든 신경 쓰지 않거든."
찰리의 대답은 간단했다.


그날 찰리가 친구들에게 내민 것은 작은 종이 한 장이

었다. 잔뜩 기대했던 친구들은 적잖이 실망해야 했다. 내용을 꼼꼼히 확인한 것은 아니었지만 아무래도 그것은 한눈에 보아도 그간 보아온 찰리의 노트에 비해 조촐한 것이 사실이었다. 하지만 친구들은 그에 대해 불평하지 않았다. 자꾸 강조해서 미안하지만 친구들은 찰리를 믿었던 것이다. 그들은 진정 친구였고 이웃이었던 것이다.

아무튼 종이에는 다음과 같이 쓰여 있었다.


카니발 98년식 : 21만 원

공기총 종합(중만 신체 검사비 포함) : 250만 원

성중화학사 탑 201 흑색 무광 래커 세 통 : 3만 3천 원

연막탄 청색 2분용, 5분용 각 한 통씩 : 2만 천 원

입간판 제작비 : 15만 원

계좌 등록비 : 100만 원

8층 피난 밧줄 세트 : 3만 2천 원

주황색 빨랫줄 30미터 : 6천 원

이동용 공구 박스 : 2만 2천 원

조립식 사물 정리함 세 박스 : 4만 원

3단식 사다리 : 3만 천 원

볼링 선수용 지퍼 백 다섯 개 : 비용 없음(개인 구입)

옷 구입비 : 11만 원

선글라스 : 4만 원

교통비, 기름 값 등 : 20만 원

숙박비, 식대 등 : 30만 원

유진 헌팅비 보조 : 20만 원

자동차 렌탈(아반떼 흰색) : 5만 원.

계 : 494만 원

※ 기타 준비물은 각자 준비할 것. 추가 비용 발생 시 (50만 원 이상) 사전 연락할 것.


500만 원을 넘기지 않으려 애쓴 흔적이 역력했다. 계획서를 훑으며 친구들의 가슴이 짠했던 것은 그 때문이었다. 친구들은 흥분하고 있었다. 보통 소풍날보다 그 전날의 설렘과 기쁨이 곱절인 법이니, 계획을 차례차례 따르며 친구들이 즐거웠던 것은 그런 이유 아니었겠는가.

21만 원짜리 카니발은 이미 찰리가 마을 벼룩시장을 통해 알아봐 둔 상태였다. 운전면허는 유진도 있었지만 호기에게는 약간의 정비 능력도 있었으니 호기는 하늘이 내려준 그 일의 적임자였다. 호기는 찰리의 지시대로 자동차를 구입하기에 앞서 을지로를 찾았다. 찰리는 꼭 을지로여야 한다고 강조했다. 서울역이나 강남 터미널 근처는 아무래도 위험하다는 것이 찰리의 지적이었다.

을지로에서 호기가 한 일은 주민등록증과 운전면허증을 소지하고 있는 노숙자를 찾는 일이었다. 애초에 호기는 자신이 맡은 일이 가장 손쉬워 보인다고 기뻐했으나 실제 발로 뛰어보니 달랐다. 그 어떤 노숙자도 호기를 달가워하지 않은 것이다. 어쩌다 말이라도 붙일 수 있게 되어 종이 잔 소주를 기울이고 보면 호기의 가슴은 얼마나 뛰었는지 모른다. 하나 결과는 늘 같은 모양을 하고 있었다. 주민등록증이 없거나 운전면허증이 없거나. 결국 호기는 노숙자가 되어야 했다.

호기가 일을 마치는 데에는 무려 일주일이 소모됐다. 호기는 근처 중앙극장에서 영화를 열네 편이나 보았다. 어떤 날은 중소기업은행 앞에서 새우잠을 잤다. 횟수는 날이 더할수록 비례해 늘어났다. 비를 맞는 것은 다반사요, 어떨 때는 그들과 함께 종이 박스를 들고 달음질쳤으니 고생도 그런 고생이 없었다. 호기는 봉사 나온 목사의 기도를 듣기도 했고 보건소 의사에게 간략한 건강 진단을 받기도 했다. 주민등록증과 운전면허증을 동시에 갖고 있는 사람을 끝내 찾았을 때 호기가 기뻐했던 이유는 그렇듯 나름의 고생이 있었기 때문이었다.

그 사람은 자신을 조명진이라 소개했다. 명진(明進). 흔한 이름이었으나 또한 적임자의 이름이지 않은가. 호기는 명진 씨의 이름을 듣자마자 그런 생각에 손뼉부터 치고 들어갔다. 하나 꽤 오랫동안 설명했음에도 명진 씨는 도무지 알아듣지 못하고 있었다.

명진 씨는 계속해서 묻기만 했다.

"정말 차를 준다고요?"

"그럼요. 자동차 드리고요, 거기다 현찰로 오십만 원 얹어드린다니까요?"

호기는 힘주어 명진 씨에게 대답했다.

짜증이 날 지경이었다. 이 사람 속고만 살았나. 그런 말이 목구멍까지 튀어 올랐다. 하나 호기는 그 말을 할 수 없었다. 당연한 것 아닌가. 명진 씨도 늘 속고만 살았던 게다. 그렇지 않았다면 면도도 못하고 찬바람 맞아가며 이 계단 바닥에 쪼그려 앉아 있을 이유가 뭔가.

애초에 찰리가 배정한 액수는 100만 원이었다. 그러나 호기는 에누리를 하고 나섰다. 아무래도 경비를 줄일 수 있을 것 같다는 것이 호기의 의도였다. 그러나 명진 씨는 여전히 이해할 수 없다는 표정이었다. 하는 수 없이 호기는 100만 원을 불렀다. 제길, 그제야 명진 씨는 고개를 끄덕이는 것 아닌가. 그랬다. 호기는 다시 한번 찰리의 계획에 경의를 표해야 했다. 찰리의 계획에 속해 있는 모든 사항 하나하나에는 이렇듯 깊은 뜻이 있었던 게다.

그렇게 호기는 명진 씨 이름으로 통장을, 또한 명진 씨 이름으로 벼룩시장의 그 98년식 카니발을 살 수 있었으니 그 기쁨은 이루 말할 수 없었던 게다.

중만이 맡은 일은 공기총을 구입하는 것이었다. 태어나서 공기총이라면 구경조차 못해 본 중만으로서는 난감한 일이지 않을 수 없었다. 애초에 중만은 공기총이 뭔지도 몰랐다. 병신아 사격할 때 쓰는 거 아냐. 유진이 쏘았을 때 중만은 대꾸했었다. 그걸로 돼? 픽 소리 나는 거 그거? 그때 찰리가 대답했다. 가까이서 쏘면 골로 간다고. 참으로 찰리답지 않은 설명이었지만 중요한 것은 그것이 아니었다. 이어서 찰리는 중만이라면 꼭 할 수 있을 거라는 말도 덧붙였다. 중만이 용기를 얻은 것은 그 덕이었다는 사실이 중요하지 않겠나. 중만은 찰리가 일러준 대로 공기총에 관한 약간의 지식까지 익혀야 했지만 그것은 우려처럼 힘들지 않았다. 아니 늦게 배운 도둑질이라고 아예 중만은 공기총의 세계에 빠져버렸다.

중만은 감탄했다. 인터넷 쇼핑이라는 것이 있어 세상은 얼마나 편리한 것인가. 중만이 한 일이라고는 공기총 구입 신청서를 작성하고 이어서 계좌 이체로 대금을 지불한 것이 전부였다. 그런데 일은 그것으로 절반은 끝마친 셈이었으니 중만의 감탄은 결코 무리가 아니었다. 남은 것은 삼거리 너머 보건소에서 간단한 신체검사를 받는 일뿐이었다. 적잖이 귀찮은 것이 사실이었지만 어차피 건강 상태를 확인할 수 있는 기회니 또 좋지 않겠나. 그렇듯 일 처리를 하는 내내 중만은 즐겁기만 했다. 사실 문제가 없지는 않았다. 찰리가 약간의 지식만 익히라 충고했거늘 중만은 아예 공기총 수집이 자신의 취미인 양 행동했으니 문제라면 그것이 문제였다. 어쩌나. 중만은 서울 시민 대부분이 저지른다는 충동구매란 것을 하고 말지 않았는가. 하지만 중만이 기꺼워 한 일이니 그것은 또 중만에게는 문제가 아니었다. 중만이 친구들에게 내민 구입 증명서는 다음과 같았다.

엠 아이 티 슈퍼 텐 산탄 1정
헌팅 마스터 육연발 1정
베레타 삼구일 삼연발 1정
넉 다운 파이브 리벌버 1정
각 탄환 1조
엔 더블유 칠공일 시리즈 전기 충격봉 1조

친구들은 중만에게 한마디 하지 않을 수 없었다.
"사냥 나가냐?"
"왜 대포도 하나 사지?"
"전기 충격봉은 또 뭐냐?"
중만은 애써 변명했다.
"리볼버는 내가 쓸 거야. 내 돈으로 샀어. 전기 충격봉은……, 사은품이야. 행사래."

중만은 사진 두 장을 찍은 후 신체 검사서를 첨부해 관할 경찰서에 구매와 관련된 서류를 제출했고 경찰서 민원실은 중만의 서류를 5일 만에 처리해 주었다. 중만은 그 허가 발급증을 다시 인터넷 쇼핑몰에 보냈고 이후 물건은 우체국 택배를 거쳐 친구들의 손에 쥐어졌다. 친구들은 밝게 빛나는 총들을 바라보며 기뻐했는데 그 반짝임이란 마치 자신들의 미래와 같지 않은가. 그것은 친구들의 마음을 단박에 사로잡기에 충분하고도 남았다. 중만이 의기양양했던 것은 그 때문이었다. 중만은 말했다.

"어때? 디자인 고르느라 신경 썼다고. 죽이지 않냐?"

이어 찰리는 나머지 물건들을 청계천에서 구입했다. 조금이라도 절약하고 싶었기 때문에 찰리는 중만처럼 온라인 쇼핑몰을 이용하지 않았다. 청계천. 그곳도 친구들에게는 회한의 장소 아니었던가. 예전의 낭만이 사라진 것이 씁쓸하기는 했으나 찰리는 그저 웃어넘겼다. 시간이란 그런 것을.

연막탄과 피난 밧줄 세트는 소방서 맞은편의 소방 물품 전문점에서 구입했다. 이제 남은 것은 옷과 선글라스렷다. 하나 찰리는 그것은 직접 하지 않기로 했는데 아무래도 유진이 하는 것이 나을 듯싶어서였다.

친구들은 곧장 유진을 위시하여 카니발에 몸을 싣고 남대문으로 향했다. 카니발은 잘 나갔다. 98년식이었지만 쌩쌩하기만 했다. 친구들은 차량의 상태에 만족했다. 호기는 애초에는 이렇지 않았는데 자신이 손을 좀 봤기 때문이라며 너스레를 떨었다. 친구들은 그 차량이 믿음 직스러웠다. 무엇보다 이름이 멋지지 않은가. 카니발이라니.

검은색 재킷과 바지, 그리고 코팅이 잘된 선글라스를 구입하기란 말처럼 쉽지 않았다. 가격이 저렴하면서 아주 흔한 옷이어야 할 것. 코팅이 잘되어 있어야 하며 역시 흔한 디자인이어야 할 것. 찰리는 그렇게 단서를 또 하나 붙였다. 찰리가 일러준 대로 물건을 구입하려다 보니 만만치 않은 일이어서 유진은 친구들이 지칠 때까지 이 점포 저 점포를 돌아다녀야 했다.

그 일을 끝으로 준비해야 할 품목은 어느 정도 마무리가 된 듯 보였다. 카니발의 트렁크에는 적잖은 물건들이 쌓이게 됐다. 남은 일은 목표에 대한 설명뿐, 아니 성공뿐이었다.

그리하여 친구들은 다시 버거킹에 모여야 했다. 그날 찰리는 끝내 입을 열었다.

"목표는 새서울 휴게소야. 큰돈이 있을뿐더러 부수입까지 충분히 생길 수 있어. 주유소 안 붙어 있는 휴게소는 거기뿐이야. 보안도 거의 절망적인 수준이니까 총은 쏘지 않아도 될 거야."

찰리의 말에 친구들은 마른침을 삼켰다.

그렇다고 해서 모든 준비가 끝났다면 너도 나도 강도짓 하겠다. 가장 까다로운 일은 아직 남아 있는 터였다. 그 일은 유진의 몫이었다. 그 일이라면 유진 말고는 해낼 사람이 없었다. 그 부분에 있어 찰리는 얼마나 고심했는지 모른다.

찰리가 친구들을 이끌고 문제의 장소로 향한 것은 다음 날이었다. 물론 가는 내내 98년식 카니발 안에서는 여러 가지 말들이 오갔다. 그때마다 찰리의 계획은 조금씩 수정됐지만 그렇다고 해서 큰 가닥이 변하지는 않았다. 강조컨대 이번 계획에 찰리는 40여 일을 투자했으니.

카니발은 50번 도로를 따라 거침없이 달렸다. 중만은 하필 이 길이냐며 불평을 늘어놓았다. 작년 가을에도 그리고 겨울에도 현숙과 이 길을 지나쳤노라고. 유진이 중만을 위로하고 나섰다. 잊어라. 연인의 구십 퍼센트가 강원도를 찾는다. 흔한 일이다. 그러니 이제 너도 개성적으로 행동할 필요가 있다.

제법 가을로 접어들고 있는 날씨 탓인지 도로 주변의 풍광은 더할 나위 없이 아름다웠다. 그래서일까. 찰리는 중만을 이해할 듯도 싶었다. 강원도의 가을이란 추억을 절로 불러일으키는 법이다. 그리하여 찰리는 침묵했다.

찰리가 다시 입을 연 것은 무촌을 지나 여주를 지나

원주마저 지난 다음이었다. 저기다. 저 앞 휴게소다. 찰리의 말에 호기는 기어이 핸들을 틀었다. 이제 친구들은 발을 뺄 수 없었다. 멀리 새서울 휴게소의 입간판이 눈에 들어왔으니 어쩌란 말인가. 이번에는 유진이 투덜거리고 나섰다. 새서울? 니미 조또다. 어디 가나 서울이다. 광주에도 서울 식당. 부산에도 서울 슈퍼. 제주도에 가도 서울 관광. 한데 카니발이 정작 주차장에 멈추어 섰을 때 가장 먼저 밖으로 튀어 나간 것도 유진이었다. 새서울 휴게소. 무엇보다 풍광이 좋은 곳이었다. 카니발에서 내린 친구들은 언제 불평했냐는 듯 호들갑을 떨기 시작했다. 좋구나. 정말이지 좋구나. 오호라 좋을씨고. 그랬다. 누가 보더라도 정겨운 친구들이 손잡고 떠난 피크닉처럼 보일 것이 뻔했다. 친구들은 사진을 찍고 캔맥주를 사 마셨으며 심지어 동전 따먹기까지 했다. 동참하지 않은 것은 찰리뿐이었다. 찰리에게는 아직 할 일이 더 남은 모양이었다. 찰리는 주차장을 더듬고 2층 건물의 구석구석을 살폈으며 얼추 1시간쯤 도로를 바라보며 들고 나는 차들의 수량까지 파악했다. 그 긴 시간이 지나고서야 비로소 찰리의 입가에 미소가 번졌다. 그때 중만은 이미 카니발의 의자를 젖혀놓고 잠든 지 오래였으니.

"커피 한잔 할래?"

마침내 찰리는 유진을 불렀던 게다. 유진은 드디어 자

신의 차례가 왔노라며 마른침을 삼켰다.

"절대 그럴 리 없겠지만 확실히 해두자는 거야. 마이크로웨이브 감지 시스템이라거나, 뭐 그런 종류의 귀찮은 것들이 이층 사장실에 있을지도 몰라. 물론 이 분위기 봐서는 거의 확률 제로야. 그래도 한번 확인했으면 해. 물론 가장 중요한 것은 매출 입금액 시기. 이곳 사정을 잘 아는 사람이 필요하니까 네가 해줬으면 한다. 우린 서울로 다시 올라가서 입간판 만들고 나머지 준비할게. 너라면 일주일이면 충분할 거야. 그때 보자."

찰리는 유진의 목에 카메라를 걸어주며 그렇게 말했다. 찰리의 말을 새겨들은 유진은 고개를 끄덕였다.

유진은 그렇게 그곳에 남았다. 유진에게 남겨진 일은 일주일 안에 연애를 해야 하는 것이었다. 어차피 그것은 유진의 능력이었으므로 친구들에게는 걱정할 이유가 없었다. 친구들은 뒤도 돌아보지 않고 새서울 휴게소를 빠져나갔다.

유진은 유명 영화 제작사의 조감독이라 자신을 소개하며 이지희라는 이름의 아가씨에게 다가갔다. 찰리가 목에 걸어준 카메라는 사실 그런 용도였다.

"장소 헌팅 중인데요. 이 즈음이 어떨까 합니다. 잘 몰라서 그런데 좀 도와주시겠습니까?"

그 한마디에 지희라는 이름을 가진 아가씨의 두 볼이

사정없이 붉어졌다면 당신은 대관절 이해할 수 있을 것인가. 말이야 이렇게 쉽다만 애초에 유진에게 먼저 관심을 보인 것이 지희라는 이름의 아가씨였으니 참 그것을 어떻게 설명할 길 없는 것이 아쉬울 따름이다. 행여 그것은 저 옛날 유진의 아버지가 말한 그 분위기라는 것이 아니었을까. 아무튼 정녕 중만의 말은 사실이었던 게다. 유진은 살아 숨쉬는 페로몬이었다.

유진은 뜨거운 잠자리 한 번 없이 그 일을 3일 만에 해치웠다. 새서울 휴게소는 공교롭게도 보름 간격으로 입출금을 하는데 이번 매출금은 14일이 예정이라는 사실을. 지희라는 이름의 아가씨는 마이크로웨이브 감지기라는 것이 뭔지도 몰랐으나 개새끼 한 마리도 키우지 않는다는 말로 유진의 궁금증을 해소시켜 주었으니 유진은 자신이 맡은 일 모두를 그렇게 해치웠던 게다. 남은 3일을 유진은 전화와 전선이 매설된 부스를 찾는 데 할애했고 덧붙여 2층 사무실의 대략의 개관까지 완벽히 마스터하면서 알차게 보냈다.

그 시각 서울에서는 입간판이 완성되었으니 그 가운데에는 큼지막한 붉은 글씨로 이렇게 쓰여 있는 것 아닌가.


내부 수리로 금일 영업하지 않습니다. 새서울 휴게소장.

# 디데이

디데이는 외롭다.
숫자를 잃어버렸기 때문이다.
당일보다 전날이 흥겨운 것은 그 때문이다.
그런데 사람들은 디데이만이 중요하다 말한다.
그러니 외로움을 모를 수밖에.

그날 출발은 좀 늦었다. 명진 씨를 데려오기로 한 호기가 오랫동안 나타나지 않았기 때문이었다. 친구들은 얼마나 초조했는지 모른다. 하지만 호기는 친구들의 기대를 저버리지 않았다.

"내 참, 이 아저씨가 갑자기 안 간다고 하잖아. 그래서 늦었다. 그래 내 이럴 필요까지는 없다고 했잖아. 귀찮아서 원. 아저씨. 왜 그렇게 이해를 못해요. 명진 아저씨. 우리를 강원도까지 태워주면 이거 준다고요."

호기는 불평을 늘어놓았다. 명진 씨는 계속해서 어리둥절해할 뿐이었다.

어찌 됐든 명진 씨는 호기와의 약속을 지켰다. 그것은 분명 다행한 일이었다. 호기의 손에 100만 원이 빳빳한 현찰로 쥐어져 있고 보니 명진 씨는 핸들을 잡지 않을 수 없었다. 친구들은 자동차 두 대에 나누어 탔다. 카니발은 명진 씨가 몰았고 렌트한 흰색 아반떼는 호기가 몰았다. 한번 왔던 길이라 처음보다 수월했다. 새서울 휴게소에 도착하기까지 친구들은 자동차 안에서 준비된 끈을 적당한 크기로 잘랐다. 팔십 개는 너무 많지 않나 싶었지만 찰리는 극구 팔십 개를 만들어야 한다 했다.

"자 이제 가세요. 그거 이제 아저씨 차예요. 다시 한 번 말하지만 우리에 대해서 얘기하면 아저씨도 공범 되는 겁니다. 아저씨 통장으로 돈이 들어가니까. 아셨죠?"
찰리는 건조하게 말했다. 그렇게 새서울 휴게소에 도착하자마자 명진 씨는 서울로 되돌아가야 했다. 돌아서는 명진 씨의 표정에는 그늘이 져 있었지만 찰리는 개의치 않았다. 호기는 여전히 못 미더운지 찰리에게 물었다.
"괜찮을까."
"그럼 문제없어."
찰리는 그렇게 대꾸했다.
주차장에 도착했다 해서 바로 일을 시작할 수 있는 것은 아니었다. 친구들은 다시 한참을 기다려야 했다. 주차장에 사람이 너무 많은 것이 이유였다. 호기 혼자 처리하려면 자동차 세 대나 네 대 분량이어야 했다.

이윽고 주차장이 한산해졌을 때 친구들은 비로소 트렁크에 실린 가방과 사다리, 절단기 등을 각각 나누어 쥐고 건물로 향할 수 있었다. 물론 호기는 주차장에 남았다.

일은 계획대로 진행됐다. 호기는 주차장 반대편 출입구에 섰고 친구들은 현관 앞까지 다가섰다. 호기가 반대편 출입구에 놓여 있는 바리케이드를 설치한 후 양손을 흔들었을 때 친구들은 선글라스를 끼고 건물 안으로 들어섰다. 친구들은 조금도 주눅 들지 않았다. 오히려 당당했다. 현관은 도합 셋이었다.

친구들은 현관을 열자마자 볼링 선수용 검은 지퍼 백에 든 총을 꺼내 들었다. 친구들은 재빠르게 건물의 유리 현관을 모두 잠갔고 이어 허공에 총을 쏘았다. 그런 다음 친구들은 건물 안의 사람들을 향해 욕지거리를 퍼부었다.

"씨발, 오늘 여기 있는 연놈들 다 죽었어!"

사람들은 소리 지르기 시작했고 휴게소는 금세 아수라장이 됐다. 연막탄은 효과가 있었다. 그 누구도 친구들에게 달려들지 않았다.

유진이 접이식 3단 사다리를 펼쳤을 때 중만은 연막탄의 줄을 잡아당겼다. 붉은 연기가 건물 안을 감싸자 사람들은 마른기침을 해댔고 시키지 않았는데도 식당 구석을 향해 뛰었다. 그 사람들을 정리하느라 찰리는 진땀을 흘려야 했다.

연막탄은 설명서에 쓰인 대로 정확히 2분간 끊임없이 붉은 연기를 뿜어댔고 연막탄이 피어오른 것을 확인한 호기는 계획대로 주차장에 남아 있는 사람들을 건물 안으로 끌어들였다. 모두 여섯이었지만 어렵지 않았다. 호기는 허공에 총을 두 방이나 쐈으며 한 중년의 허벅지까지 쐈던 터라 여섯 모두는 순순히 호기의 뜻대로 움직였다. 중년의 허벅지에서는 붉은 피가 흘러내렸지만 호기의 눈에는 그것이 들어오지 않았다.

"밍기적거리면 등판에 날립니다!"

호기는 그렇게 소리 질렀다.

그 2분 사이 유진은 천장에 매달린 세 대의 감시 카메라 렌즈에 무광 흑색 래커를 뿌렸고 찰리는 절단기로 주방 우측 벽 아래 매달려 있던 전화선을 끊어버렸다. 찰리의 계획대로 친구들은 현관 하나만 남겨둔 채 나머지 셔터를 모두 내리는 데에도 성공했고, 여섯 사람을 끌고 온 호기 역시 그들을 건물 안으로 밀어 넣고 다시 주차장을 향해 쉽게 돌아설 수 있었다. 일은 성공을 향해 치닫고 있었다.

호기는 입간판 옆에 서서 교통방송에 전화를 걸었으니 그제야 마음이 조금 놓이는 듯했다.

"지나치는 운전자인데 정보가 될지 모르겠지만 새서
울 주유소가 영업을 하지 않네요. 예. 맞습니다."

호기가 새 담배에 불을 그은 것은 전화를 끊은 후였
다. 이제 호기가 할 일은 친구들이 잘해 내기를 기다리
는 것뿐이었다.


중만은 남자들을 시켜 한식당의 탁자를 모두 뒤로 밀
어버리라 하고는 사람들을 다시 그곳에 차례로 모았다.
사람들은 친구들의 얼굴을 제대로 보지도 못했다. 아니
유심히 본다 해도 친구들에게는 문제될 것이 없었다. 경
황없는 처지에 같은 옷차림에 키마저 비슷한 친구들을
분간할 수 없을 것이 뻔했다.

호기가 데려온 사람은 여섯, 건물 안에 있던 사람은
마흔, 종업원이 열넷, 찰리가 밖에서 끌고 온 가판 직원
이 셋. 그렇게 모인 사람은 모두 예순세 명이었다. 끈을
팔십 개 만들길 얼마나 잘했나.

유진은 어쩔 수 없이 몇 발의 총을 더 쏴야 했다. 주
방에 있는 직원과 제일 건장해 보이는 남자 둘을 합쳐
모두 세 명을 쏘았는데 사람들을 한곳으로 모이게 하기
위해서는 어쩔 수 없는 노릇이었다. 사람들은 도무지 질
서라는 것을 모르는 것 같았다. 다행히 2층 건물에는 사
람이 없었다. 유진이 지희라는 이름의 아가씨에게 사장

은 어디 갔느냐 다그쳤을 때 그녀는 눈을 부라리며 서울 집에 갔다 대꾸했다. 지희라는 이름의 아가씨는 울기 시작했다. 그녀를 속인 장본인인 유진은 가슴이 아팠지만 오늘만큼은 참아야 한다고 마음을 다잡았다.

그렇다고 해서 일이 완전히 끝난 것은 아니었다. 찰리는 총을 든 채 중앙에 섰고 중만과 유진은 모든 사람들의 손을 차례로 묶어나갔다. 유진은 지희라는 이름의 아가씨만큼은 묶지 않았는데 그녀에게도 할 일이 있기 때문이었다.

그렇듯 도합 16분 만에 휴게소는 고립됐다.

새서울 휴게소는 친구들의 것이 됐다. 모든 일은 계획대로 진행됐다. 한 치의 오차도 없었고 혼란도 없었다. 찰리는 그제야 한숨을 쉬었다. 다친 사람은 많지 않았다. 찰리는 지희라는 이름의 아가씨를 시켜 그들의 상처를 돌보게 했다. 엠 아이 티 슈퍼 텐 산탄총을 사용하지 않기로 한 것은 잘한 일이었다.

찰리는 중만을 시켜 매장 금고에 든 현금 일체와 2층 사무실에 있는 금고까지 차에 실으라 말했다. 그런 다음 찰리는 사람들을 향해 말했다.

"아까는 죄송했습니다. 지금부터는 제가 하라는 대로만 하면 됩니다. 그러면 더 이상 다치는 사람 없습니다. 지금부터 저기 제 친구가 여러분 곁을 지나갈 겁니다.

먼저 자신이 가지고 있는 휴대폰을 모두 꺼냅니다. 그다음 현금 일체를 꺼냅니다. 그런 다음 신용 카드를 꺼냅니다. 통장이 있으신 분은 통장도 꺼냅니다. 차에 있다면 차 키도 꺼냅니다. 계좌 번호, 비밀 번호 일체를 알려줘야 합니다. 나머지는 저희가 알아서 합니다. 아, 그리고 그런 다음 저 친구가 다시 한번 여러분 곁을 지나갈 겁니다. 두 번째에는 저 친구가 직접 여러분들을 뒤집니다. 만약 애초에 꺼낸 것 외에 다른 게 발견되면 이번에는 저쪽에 있는 친구가 여러분 허벅지에 구멍을 냅니다. 미리 한 방 맞은 분들은 알겠지만 꽤 아픕니다. 어깨나 가슴 근처를 쏘게 되면 어떻게 될지 저희도 잘 모릅니다. 이 총 오늘 처음 써보는 겁니다.”

그것은 효과가 있었다. 찰리의 뜻을 거스르는 사람은 한 명도 없었다.

건물 안에는 모두 세 대의 현금 지급기가 있었다. 유진을 부른 찰리는 그 지급기를 가리키며 조용히 말했다.

“이 디 에스 이천 시리즈에 얼마가 들어 있는지는 알지? 그러니까 처음에는 직불 카드 먼저 사용해야 돼. 그다음이 신용 카드야. 신용은 이체만 해. 명진 씨 계좌 번호 알지? 저 기계 이체 한도가 구백구십이야. 얼마가 쌓일지 몰라. 그러니까 천천히 신중하게 하라고.”

유진은 고개를 끄덕였고 1시간 가까이 그 기계와 씨름

했다. 강원도 여행객들의 지갑은 두둑하기 이를 데 없었다.

친구들이 남은 연막탄의 줄을 당긴 것은 볼링 선수용 지퍼 백에 현금을 가득 넣은 후였다. 친구들은 정명숙이라 자신을 소개한 아주머니의 자동차 열쇠를 뺏어 들고 비로소 건물을 빠져왔다. 친구들 뒤에 남은 것은 연막탄에서 뿜어져 나오는 붉은 연기뿐이었다. 두 번째 것은 5분용이었으니 시간은 차고 넘칠 터였다.

아주머니의 차는 에스엠 파이브였다. 다시 두 대의 차로 휴게소를 빠져 나온 친구들은 강원도를 넘어선 후에야 차를 옮겨 탔다. 에스엠 파이브는 그 다음 휴게소 주차장에 그냥 세워뒀다.

그렇게 찰리의 계획은 이루어졌다.

# 다시 서울로

고향이 서울인 사람은 다 안다.
톨게이트의 문구가 얼마나 반가운지.
또 서울이라니 지겹군.
그렇게 말하는 사람들도 내심 즐거워한다.
아싸 서울이다. 뭐 그런 식으로.

그랬다. 50번 고속도로를 되짚어 친구들은 모두의 고향인 서울로 향하고 있었다.

친구들은 실로 막 나가고 있었다. 호기는 브레이크를 밟지 않았다. 찰리가 불어대는 휘파람도 계속됐다. 에스. 이. 오. 유. 엘. 잘 기억나지 않았지만 「럭키 서울」을 찰리는 제법 능숙하게 연주해 냈다. 서울임을 알리는 톨게이트가 웅장한 모습을 드러냈을 때 유진은 차창을 내렸고 환호했다.

그들은 금의환향이란 것을 하고 있었던 게다.

하나 애석하게도 이 길고 긴 이야기 끝은, 그래 친구들이 맞이해야 할 상황은 하나가 아니고 둘이었으니……. 그렇다 하더라도 이 도시에 조금이라도 발을 붙여본 경험이 있는 사람이라면 어째서인지, 왜 둘이어야 하는지 너그러이 이해하리라.

두려움의 시간이, 어둠의 시간이 지나면 밝은 빛이 찾아올 터이니 너희들은 부담을 갖지 마라. 이제 새 세상이 열리니 그저 감사하라. 친구들은 신의 목소리가 아름답다 했던 아브라함의 말을 믿기로 했다. 친구들은 지금 그 자비로운 신의 목소리에 취해 있지 않은가. 친구들이 정녕 신의 목소리를 들었다 한다면 당신은 믿을 텐가. 누구도 알 수 없으니 믿어야 하지 않겠는가. 믿어야 하느니 의심의 결과란 후회뿐이었던 게다.

# 첫 번째 상황

즐거운 상황이 있다면 즐기는 게 옳다.
그런데 그 즐거움 속에서도 풀이 죽어 있는 사람을 쉽게 발견할 수 있는데.
그런 경우 역시 두 가지라 할 수 있다.
욕심을 버리든가 더 욕심을 내든가.

볼링 선수용 지퍼 백을 가득 채운 것은 현금으로만 4억 3천이었다. 그뿐인가. 김명진 씨의 계좌도 가득 찼으리라. 친구들의 머릿속에는 지금쯤이면 살아 숨쉬고 있을 그 6억 3천에 대한 생각도 가득했다.

믿기 힘들겠지만, 조금은 배가 아프다 생각할 수도 있겠지만 아시길 바란다. 꿈도 꾸지 말길 바란다. 그 모두는 분명 친구들의 몫이었다. 또한 그것은 신의 축복이기도 했으니 어찌 그런 부정한 생각을.

친구들은 또 생각했다. 자꾸만 생각하지 않을 수 없었다. 고루 나누어도, 아니 찰리에게 프리미엄으로 1, 2천쯤 더 준다 해도 2억 6천이었다. 그러한 숫자를 일찍이 친구들은 상상해 본 적이 없었다. 아니 상상이야 해보았지만 현실이 될 줄은 몰랐다. 그렇다고 해서 계산쯤 못 할쏘냐. 다행히 그간 감추어져 있었던 친구들의 계산 능력은 더할 나위 없이 탁월했다. 친구들은 저마다 그 2억 6천이라는 숫자를 어떻게 분배할 것인가에 대한 새로운 계획을 시작했으니 그것은 또 얼마나 신명났겠는가.

친구들이 다시 버거킹에 모인 것은 다음 날이었다.
친구들은 모두 약속 시간에 맞춰 도착했다. 호기가 조금 늦긴 했지만 문제가 되지 않았다. 친구들은 오히려 호기를 자랑스러워했다. 그도 그럴 것이 호기가 들고 온 가방은 당장에라도 터질 것처럼 한껏 부풀어 올라 있지 않은가.
"야 이거 생각보다 무겁네. 친구야, 이것도 우리 거다."
그 빠른 시간에 호기는 남은 자동차를 마저 처분했고 돈을 인출했고 김명진 씨 계좌까지 폐쇄했다. 친구들이 앞 다투어 호기의 등을 두들겨준 것은 그 때문이었다.
아아, 친구들은 행복했다. 그렇게 친구들은 연신 웃고 있었으나 그날도 버거킹의 종업원과 고객들은 그들에 대해 무심했으니 그 무심함이란 또 얼마나 편리하고 포근한 것인지. 친구들은 그렇게 바짝 익혀진 프렌치 프라이를 소리 내서 오독오독 씹었던 게다. 그때 문득 호기는 이렇게 말했다.

"우리 버거킹 할까? 왕이잖아 왕, 킹!"

"글쎄다. 이거 영 사람 냄새가 나질 않잖아. 난 말이지 강가에서 살고 싶은데."

"거 좋지. 바다도 있고 갈매기도 날고. 그런 고향처럼 푸근한 곳. 그런 데 갈래?"

"그럴까? 농사나 지을까? 쑥도 캐고 고구마도 심고."

하나 어찌 된 일인지 친구들은 그렇듯 생뚱한 말들을 뱉어냈던 게다.


그럼에도 친구들의 결정이 다시 하나가 되는 데에는 많은 시간이 걸리지 않았다. 친구들은 스스로 자신들의 판단이 현명하다 결론 지었고, 해서 만족했다. 요컨대 친구들은 고향을 배신할 수 없었다.

친구들이 구입한 건물은 전철역과 맞닿아 있어서 두 달 뒤에 판다 하더라도 1.5배는 남기기에 충분했다. 정남향인 건물의 외벽에는 시종일관 햇살이 부서져 내렸으니 친구들은 이제 저 맑은 햇살과 친해질 필요가 있을 뿐. 공교롭게도 5층인 그 건물은 친구들의 안락한 보금자리가 되기에 조금의 손색도 없지 않은가. 친구들은 1층을 누가 차지할 것인가에 대한 문제로 약간의 언쟁을 벌이기도 했으나 이내 그것은 찰리의 몫이어야 한다는 것에 동의했다. 그럼에도 찰리는 계속해서 손을 가로저었으니 우정도 이렇듯 뜨거운 우정은 없는 듯 보였다.

끝내 찰리는 1층을 사 등분하기로 하고 건물 전체를 붉디붉게 칠했으니 끝내 친구들에게 이렇게 묻지 않을 수 없었다.

"어때 근사하지?"

친구들은 찰리의 말에 고개를 끄덕였다.

"그렇기는 하다만 어째 공산당 건물 같다."

"친구야, 소방서 같은데?"

"너무 개인적 취향 아니냐 이거?"

어찌 됐든 그리하여 친구들은 모두가 사장이 될 수 있었던 게다. 하나 안타까운 것은 친구들의 부모가 하나같이 그 멋진 개관일에 참석하지 못했다는 데에 있었는데. 친구들은 그것이 못내 아쉬웠으나 해외여행을 가는 사람이 갑자기 늘었다고 해서 그들을 다 싸잡아 매도할 수도 없는 일이었으니 그냥 참기로 했다.

그 시각 찰리의 부모는 독일 땅 바이에른 주(州) 북서부 뷔르크부르츠란 이름의 조그만 카페에서 김치를 찾고 있었고, 호기의 엄마는 보라보라 해변에서 《여성중앙》을 읽고 있었으며, 이제 막 일본의 하네다 공항에 도착한 중만의 엄마는 잠깐 자신의 옷매무새를 가다듬었고 유진의 엄마는 현지 가이드의 깃발을 따라 방콕 시내를 두루 살피고 있었으니 어쩔 것인가.

찰리는 게임팩 대여점을 열었고 호기는 에이브이 전문점을 열었으며 중만은 24시간 편의점을 차렸다. 어이없게도 유진은 커피 전문점을 열었는데 이유인즉 이랬다.
"천직이야. 하늘이 주는 거."

찰리는 새로운 하드웨어의 작동법을 익히며, 소프트웨어를 손수 점검해 가며 하루를 보냈다. 새로운 게임에 대해 궁금해하는 어린 친구들에게 꿈과 희망을 주는 것이 찰리의 일이었다. 찰리는 게임기들의 기판과 회로를 살피고 다스렸고, 그것이 그리 즐거울 수 없었다.
호기는 푹신하기 이를 데 없는 가죽 카우치에 누워 리모컨 버튼을 이리저리 눌러가며 하루를 보냈다. 삼관식 프로젝터를 통해 120인치로 재현된 스탠리 큐브릭의 영화는 황홀함 그 자체였다. 호기가 해야 할 일은 극상의 화질과 음질을 뽑아내는 것이었는데, 호기가 제시한 조건은 하나같이 지나치게 고가여서 많은 고객들은 눈동냥만 하기 일쑤였다. 호기는 그러한 고객들에게 저가형 혹은 입문용 기종들의 장점을 소개하며 그들의 기운을 불러일으켜 주었으니 또 어찌 즐겁지 않겠는가.
중만에게는 특히 할 일이 많았다. 찰리의 배려로 가장

큰 평수를 얻게 된 중만은 의외로 사업 수완이 좋아서 다른 친구들에 비해 월등한 수입을 올렸으니 중만이 바쁜 것은 그 때문이었다. 편의점의 성공이라면 무엇이겠는가. 핵심은 얼마나 많은 물건을 저장하느냐에 달려 있었다. 중만은 대학에 다니는 아르바이트생을 넷이나 부렸는데 녀석들이 매장을 책임졌다. 대신 중만은 자신과 거래하는 모든 업체들을 다스리는 데에 전력을 다해야 했는데 그 결과 바쁘지 않을 수 없었던 게다.

유진이 깨우친 것은 커피에도 진정 수준이라는 것이 있다는 진실이었다. 처음 그 진실을 알았을 때 유진은 행여 아버지가 말했던 분위기란 이것이 아니었을까 하고 고개를 젓기도 했다. 어찌 됐든 유진이 뽑아내는 커피는 그 향부터가 달라서 많은 사람들은 아가씨가 없었음에도 유진의 점포를 즐겨 찾았으니 그 또한 즐거운 일이겠다.

그랬다. 그들의 삶은 그렇게 새로운 국면을 맞고 있었다. 찰리는 호기의 점포에 들러 120인치로 비디오 게임을 했고 호기는 중만의 점포에 들러 캔 맥주를 마셨다. 중만은 자신과 새로운 계약을 맺게 된 영업 사원에게 유진네 점포의 커피를 선사했고 유진은 일찍 문을 닫는 날마다 찰리의 점포를 찾아 2인용 격투 게임에 몰입했던 것이다.

때가 되면 찰리는 구립 어린이 교실을 찾아 게임기와

팩을 선물했고 호기는 마을 사람들을 위해 무료 영화 상영을 추진했다. 중만은 무수한 생필품들을 마을 노인들에게 제공했고 유진은 아예 통장을 하나 만들어 수입의 일부를 서울시에 기부했으며 선행의 나날들이 지나 서울시는 급기야 유진에게 표창을 내리려는 계획을 수립했다고 통보했으니. 유진이 한사코 거절하지 않았다면 그들의 즐거운 삶은 일견 자랑스럽게까지 여겨질 수도 있었던 게다.

친구들은 노래했다. 오 영원한 친구, 오 행복한 마음, 오 즐거운 인생, 예! 그런 식의 가사를.


첫 번째 상황은 이쯤으로 마무리해도 좋겠다.

그러니 이제 일어나라. 당신의 고향이 서울이라면 시답잖은 텔레비전 쇼 프로그램 따위 잠시 접고 일어나라. 마을의 중심으로 나가보라. 삼거리나 사거리 아니면 오거리로 나가보라는 것이다. 그런 다음에는 거기 서 있는 무수한 빌딩을 바라보라. 그리고 찾아보라. 찰리를 찾고 호기를 찾고 중만과 유진을 찾아보라. 어렵지 않을 터다. 붉은색이 아닐지라도 그러한 건물은 얼마든지 널려 있으니 몰랐겠지만, 관심조차 없었겠지만 그 친구들은 사실 당신의 이웃이었던 게다. 같은 고향 사람이었던 게다. 찾았다면 이제 숨을 고르고 대답할 준비를 하라. 친구들의 이름으로 당신에게 묻겠노니 당신은 부러운가.

"어. 즐겁지."

똑같은 질문에 찰리는 고개를 끄덕이며 그렇게나 짧게 대답했다. 실로 즐거웠다. 호기는? 행복했다. 중만도 편안했다. 유진은 조금 달랐다. 어찌 된 일인지 유진의 폭식은 멈추지 않았다. 분주했지만 우울한 나날은 계속된 것이다. 그렇게 유진이 친구들을 불러 모아 갓 뽑은 향기 가득한 커피와 함께 건넨 말은 사실 대단한 것이 아니었다. 한데 어이하여 친구들을 오랫동안 대답하지 못했는가. 유진의 질문은 이랬다.

"좋니?"

# 두 번째 상황



그랬다. 그들은 다시 한자리에 모이게 됐다.

기자들도 몰려들지 않았건만 경찰서 안은 분주하기만 했다. 형사 과장과 강력 반장은 제법 되는 나이 차이에도 불구하고 이 일을 어떻게 처리해야 할지에 관한 서로의 생각을 심도 있게 주고받고 있었다. 찰리와 호기는, 그리고 중만과 유진은, 게다가 어떻게 찾아냈는지 명진 씨까지 반짝반짝 윤이 나는 수갑을 손목에 두르고 있었으니 무슨 이유에서인지 찰리에게는 새하얀 포승줄이 한 겹 더해져 있었다. 결과적으로 찰리의 말은 옳지 않았다는 뜻인가. 대한민국 경찰이 할 줄 아는 것은 탐문 수사만이 아닌 모양이었다. 아니 그 탐문 수사라는 것이 그리 허술하지만은 않은 모양이었다.

  자신을 박 형사라 소개한 중년은 친구들을 다그치고
있었다.

  친구들은 정부 용품이라는 도장이 찍힌 의자에 앉아
정부 용품이라는 도장이 찍힌 결재 서류로 머리를 얻어
맞았다. 그 우중충한 인조 대리석 바닥 위에서 친구들은
오로지 무엇 무엇의 새끼로 통했다. 간 큰 새끼. 뻔뻔한
새끼. 별 그지 같은 새끼. 끝으로 서울 놈의 새끼. 박
형사는 뭐 이런 역사적인 새끼들이 다 있느냐고. 다섯이
했으니 특수 절도요, 그 금액이 만만치 않으니 7년은 기
본이라는 말을 기어이 덧붙였다. 개새끼들. 무엇 무엇의
새끼를 넘어 마무리는 그렇듯 깔끔했다.

  박 형사라 한들 그들이 미웠겠는가. 그저 언론까지 나
서고 들면 착실히 그리고 꼼꼼히 보고서를 써야 할 것이
당연했으므로 부아가 치민 것은 그 때문이었다. 뭔가 쓴
다는 것. 박 형사는 그것이 제일 싫었다. 경찰이라는 자
신의 직업이 애초에 이다지도 끊임없이 무언가 써 내야
하는 것인 줄 알았다면 까까머리 청년 시절 쭈뼛대며 관
할 경찰서 정문을 기웃거리지 않았을 터였다. 순사나 할
랍니더. 청년 시절 박 형사가 자신의 아버지에게 그렇게
말했을 때 아버지도 그렇게 대답하지 않았었나. 그려라.
연필하고는 거리가 먼께 순사질이 좋것다. 박 형사는 생
각했다. 대관절 이 녀석들은 또 뭐기에 애써 숨기고 살

아온 지난날의 추억 한 자락을 다시금 더듬게 만든단 말인가. 박 형사가 공무원 신분으로 아껴야 할 정부 물품으로 친구들의 머리를 가격한 것은 그러한 이유에서였다.

어찌 됐든 그럼에도 그리 외쳤던 형사의 말은 결과적으로 옳았으니 친구들이 특별 수사 감인 것만큼은 분명했던 게다.

형사 과장은 박 형사에게 곧 기자들이 몰려올 테니 기본적으로 피해액과 개요 그리고 동기만이라도 속히 다그치라고 말했다. 하나 역사적 개새끼들인 우리의 친구들은 고개만 숙이고 있을 뿐 좀처럼 입을 열지 않았다. 친구들은 자신들도 곧 정부 용품이 되지는 않을까 싶어 내심 불안했던 것이었다. 물론 명진 씨는 달랐다. 명진 씨는 억울하다며 계속 소리를 질러댔다.

때마침 강력반 간이 철창 너머로 돌솥 비빔밥 네 그릇이 도착했으니 형사 과장은 박 형사에게 이렇게 말했다.

"박 주임, 먹고 해."

"예. 거기다 둬요."

그렇게 대답함과 동시에 수저를 입으로 쪽쪽 빨아댄 박 형사는 계란탕 국물 한 입 시원스레 마신 후 친구들에게 이렇게 말했던 게다.

"야 이 새끼들아. 돌솥 여섯 개 들려면 얼마나 무거운

지 알아? 저 아줌마가 저렇게 해서 이만 사천 원 받아,
이 새끼들아."

안 그래도 배가 고팠던 터라 박 형사의 짜증은 더해만
갔다. 하나 박 형사는 그 사실을 누구보다 친구들이 더
잘 알고 있다는 것을, 또 배가 고프기는 친구들도 마찬
가지였다는 것을 알지 못했다.

이어진 심문에서도 박 형사의 궁금증은 오로지 하나
였다. 박 형사에게 친구들의 계획은 안중에도 없었으니
그것은 당연했다. 중요한 것은 언제나 결과이지 않던가.
덧붙여 왜 그랬는지까지. 그도 분명 이제는 서울 사람이
다 되어가고 있었던 것이다. 게다가 공무원이었으니 더
했으면 더했지 덜하지는 않겠다. 그랬다. 친구들이 무슨
계획을 짰으며 어떻게 그 일을 처리했는지는 박 형사의
관심의 대상이 될 수 없었다. 그리하여 친구들에게 날아
든 질문은 시종일관 같았으니.

"왜? 어째서? 그런 역사적이면서 동시에 무모한 일을
저지르셨어요, 이 도적놈의 새끼들아."

친구들은 생각했다. 이쯤이면 이야기해도 되리라. 예
정대로 찰리가 먼저 입을 열었다.

찰리는 대답했다.

“그냥 용돈이나 하려고 그랬습니다.”
“십억이 용돈이냐, 이 새끼야!”
박 형사는 대꾸했다.

호기도 대답했다.
“텔레비전 보고 했습니다.”
“인간 극장 그런 걸 봐야지, 이 새끼야!”
박 형사는 대꾸했다.

유진의 차례였다.
“영화 보고 했습니다. 할 수 있을 것 같았습니다.”
“액션만 보니까 그렇지, 이 새끼야. 드라마를 봐야지!
감동적인 걸루다.”
박 형사는 대꾸했다.

끝내 중만도 입을 열었다.
“만화 보고 했습니다. 그렇게 살아보려고요. 되나 안
되나.”
“이 새끼들이 짰나? 아무튼 요새 새끼들은 근면을 몰
라. 새마을 정신이 있어야 이십일 세기의 주인공들이 될
거 아냐 새끼들아!”

가슴팍 짠해지기 충분한 그 소식은 기자들의 손을 떠나 일부는 지면 위로 일부는 브라운관 위로 전해졌으니 사람들은 다시 전화를 통해 그 소식을 자신의 친구와 가족과 직장 동료에게 전달하여 어느덧 도시를 가득 채웠다는 게다. 6밀리 전화선을 통해, 아니 이제는 정보화 사회니 절반 이상은 케이블이나 에이디에스엘 따위의 전용 통신망을 이용했겠다. 어찌 됐든 빠르게 도시의 이곳 저곳을 넘나들기 시작한 것이다. 그 소식은 일견 살아 숨쉬는 듯 싱싱하기 이를 데 없었건만 실로 오래가지는 않았다. 하나 친구들은 그것을 서운해하지 않았다. 그래 소식을 접한 누군가는 웃었고, 누군가는 울었고, 누군가는 부러워했으나, 또 누군가는 안타까워했고, 어떤 누군가는 행복해했으나, 결코 오래가지는 않았다는 것을, 누군가는 그 소식과 함께 태어났고, 누군가는 그 소식을 끝으로 죽어 스러졌으며, 누군가는 다쳐 넘어졌고, 누군가는 그 소식을 가슴 속 깊이 묻었으나, 남은 대부분은 한쪽 귀로 그저 흘려버렸다는 것을 친구들은 이미 다 알고 있었던 것이다. 사람들에게는 저마다 계획해야 할 일들이, 그리고 결정해야 할 일들이 너무도 많지 않은가.

그랬다. 두 번째 상황인즉 이러했다.

그러니 이제 당신은 또 하나 할 일을 얻은 셈이다. 다시 일어나라. 당신의 고향이 서울이라면 생각해 보라.

관할 경찰서 피의자 대기실의 허술한 의자 위에, 그리고 형사과에 마련된 간이 철장 너머에 고스란히 놓인 이 같은 상황을 생각해 보라. 언젠가 당신이 받았던 즉결 심판 결과거나 도로 교통법 위반 범칙금 통보서에 남아 있는 상황이라도 좋겠다. 텔레비전과 라디오에서 흘러나오는 우리네 이야기들이라도 얼마든지. 그럴 것이 아니라 당신 주위에 있는 그 어떠한 상황, 아무것이나 하나 떠올려보는 것은 어떨까. 그 상황에 귀를 댄 후 정신을 집중하는 것이다. 무언가 희미한 소리가 들리지 않은가. 당신은 누구를 속였나 아니면 누구에게 속았나.

그간 친구들의 이야기를 질질 끈 것도, 우리 친구들의 이야기가 장황토록 길어진 이유도 그것이다. 그것은 분명 사실이었다. 친구들은 그렇게 바보 같은 대답을 하지 않아도 좋았다. 텔레비전 때문이라니 가당키나 한가. 영화를 봐서 그랬다니 한두 살 먹은 앤가. 만화라니 더더욱 코믹할 뿐. 하나 친구들은 그렇게 대답할 수밖에 없었는데 우리는 그 아린 마음을 이해해야 할 필요가 있는 것이다. 누가 그 길고 장황한 이야기에 흥미를 보일 것인가. 누가 자신이 자라온 고향의 이야기를 두 눈 반짝이며 끝까지 들어줄 텐가.

사람들에게는 더 이상 그러한 여력이 없었다.

친구들이 그렇게 대답한 것은 그 때문이었다. 그렇게

대답하기로 미리 입을 맞춘 것은 그 때문이었다. 텔레비
전에서 봤노라고. 영화에서 봤노라고. 또 만화책에서도
봤노라고.

# 애초에 친구들이 부르던 노래



그날 찬란히 붉은 버거킹에서 친구들이 모여 앉아 나눈 이야기는 그것이었다. 매장 안으로 들어오는 사람은 더 이상 없는 듯 보였다. 몇몇 성급한 아르바이트생들은 미리 옷을 갈아입은 채 친구들의 눈치만 슬금슬금 살피고 있었다. 햄버거 불판의 불꽃도 사그라든 지 꽤 오래인데 저들은 뭘 하고 있다는 말인가. 아르바이트생은 다리를 떨며 그러한 생각을 하고 있었다.

하나 친구들은 대화를 나누느라 여념이 없었다. 이제 막 친구들은 자신들에게 닥칠지도 모르는 두 가지 상황에 대한 이야기를 끝마쳤을 뿐 아직 해야 할 이야기는 더 남아 있었다.

"언제나 선택이야. 그래서 결정이 중요하지. 범죄자

다수가 그렇게 대답하는 데에는 다 이유가 있는 거야."

찰리의 설명에 친구들은 고개를 끄덕였다.

"뭐 좀 먹자. 어차피 먹자고 하는 얘기잖아."

호기의 말에 친구들은 주머니를 뒤져 자신이 가지고 있는 전부를 탁자 위에 털어놓았다. 대화를 주고받느라 주문을 깜박 잊지 않았는가. 버거킹은 고객들이 무슨 이야기를 나누든 상관하지 않았다. 하지만 주문하지 않는 사람이라면 버거킹의 고객일 수 없었다. 그리 많지 않은 돈이었음에도 중만은 바삭하게 튀겨진 프렌치 프라이를 쟁반 가득 담아왔다. 콜라는 세 컵밖에 살 수 없었지만 리필이라는 게 있으니 그리 걱정하지 않아도 좋았다.

"감자밖에 없대."

친구들은 중만의 말에 개의치 않았다. 프렌치 프라이를 오독오독 씹으며 친구들이 기다린 것은 찰리의 다음 말이었다. 찰리의 계획은 멈출 줄 몰랐다.

"그러니까 톨게이트 있잖아. 거기 하루에 돈이 얼마 모이는 줄 알아? 백 프로 현금으로."

"만만치 않겠지. 부산 가는 데 승용이 얼마냐?"

"하지만 거기는 좀 위험해. 아무래도 부담되지."

"위험을 떠나서 일단 쪽수가 많잖아. 가만있어 보자. 톨게이트 구멍이 몇 개지? 네 명으로는 무릴걸."

친구들은 저마다 자신의 생각을 말했다. 찰리의 계획

은 그러한 친구들의 덧붙임을 통해 다시 예전처럼 탄탄해지고 있었다. 잠시나마 친구들이 잊고 있었던 버거킹 아가씨가 다가온 것은 바로 그때였다.

"저……, 영업 열시까집니다."

그때였다. 친구들은 알아챘다. 그 아가씨의 목소리는 상냥하기 이를 데 없었지만 그보다 되묻는 유진의 목소리가 더욱 상냥했다는 것을. 그것은 신호였던 것이다.

"아가씨, 여기 하루 매출이 얼마나 돼요?"

순간 중만은 탁자 아래 놓여 있던 두툼한 볼링 선수용 가방 두 개를 꺼내 하나를 찰리에게 그리고 다른 하나를 호기에게 던졌다. 재빨리 가방을 받아든 찰리는 주방으로 향했고 호기는 출입문으로 향했다.

"야 셔터 내려!"

그 말은 누가 했을까. 찰리는 의아했지만 신경 쓰지 않기로 했다. 끝으로 찰리는 친구들에게 이렇게 말했다.

"이렇게 하는 것도 괜찮을 거야."

버거킹의 붉은빛이 꺼진 것은 그 다음의 일이었다. 돌아서는 호기의 기분은 정말이지 언짢았지만 호기에게도 물론 해야 할 일은 있었다.

다시 한번,
그 춤을

# 다시 한번, 그 춤을

"그곳에 가려면 멋들어진 춤 솜씨가 필요해. 물론 서울에도 춤을 추는 사람들은 많아. 하지만 대부분은 왜 자신이 춤을 춰야 하는지를 잘 모르지. 단순히 답답하니까, 벗어나고 싶으니까. 그치만 그것만으론 되는 게 아냐."

"난 답답해서 춤을 춰."

"물론 틀리다는 뜻은 아냐. 그것만 갖고는 부족하단 거지. 고교생들은 날라리 취급을 받을 테고 주부들은 당장에 두들겨 맞거나 이혼당할 테니까. 도시를 떠난 수많은 사람들이 그곳을 찾지도 못한 채 이내 돌아오게 되는 건 다 그 때문이야. 정말 소원이에요. 제 이상형은 춤 잘 추는 여자예요. 다른 건 바라지도 않아요. 우리 아이가 커서 춤 잘 추는 사람이 됐으면 좋겠어요. 이런 이야기 들어본 적 있어? 그러니 컴컴한 데 모여 죄라도 짓는 양 몸을 흔들어댈 수밖에.”

“맞아, 우린 늘 바보 취급만 당했어. 늘 충고만 들었지. 나도 남들에게 충고해 줄 수 있을까? 용기를 주거나, 격려하거나 하는 일 따위.”

“그래서 난 이 도시에서 살 수가 없을 것 같아. 아이들이라면 좀 달라. 아이들이 춤을 추면 모두들 박수를 치고 좋아하니까. 되레 모여 앉아 시키잖아. 춤이나 한 번 춰보라고. 그러곤 잘한다, 그놈 참 이뻐 죽겠다, 야단이지. 그 이유가 뭔지 생각해 본 적 있어? 그래서 넌 기술을 좀 더 익힐 필요가 있는 거야. 그날이 올 때까지. 그곳은 말이야……. 아니다. 네가 느끼는 편이 낫겠어. 말로 해봐야 아무 소용 없으니까.”

“너 정말 갈 거야?”

“응.”

“가는구나…….”

“너도 올 거라 믿어. 충고하지만 막무가내로 떠나진 말아줘. 분명 그런 순간이 오니까. 지금이다 싶은 순간. 그때 출발해야 해.”

“너한텐 지금이 그때야?”

“응.”

친구는 그렇게 떠났다.

나는 손을 흔들어줬지만 친구는 돌아보지 않았다.


2001년 8월 23일.

콜롬비아 북부 안티오키아 주(州)의 마리닐라.

파출소 앞에 주차되어 있던 승용차 한 대가 사정없이 폭발했다. 오십 대 여자 한 명이 죽었고 스물다섯 명가량은 큰 부상을 입었다. 부상자의 대부분은 초등학생이었다.

소식을 전해 듣고 나는 말도 못할 정도로 깜짝 놀랐다.

하지만 냉정해질 필요가 있었다. 내심 아무렇지 않은 듯 행동하려 얼마나 애썼는지 모른다. 생각해 보니 폭발이라면 어제도 있었기 때문에, 그런 마당에 유독 나만 놀란다면, 또 그런 내 모습을 누군가 보게 된다면 좀 곤란할 것 같아서였다.

어제는 동부 산탄데르 주에서였다. 주 중앙에 위치한 교량이었는데, 민족 해방군 ELN 소속 트럭 한 대가 그 위에서 역시 사정없이 폭발했었다. 사실 그것도 굉장한 사건이었다. 하지만 역시나(물론 짐작했겠지만) 누구 하나 놀라지 않았다. 그런 사람은 아무도 없었다.

"폭발쯤이야 늘 있는 일인걸 뭐."

모두들 그렇게 심드렁했다. 그래서 나 역시 평소와 다

름없이 하루를 보낼 수 있었다. 혁명 무장군, 민족 해방군, 정부군, 그리고 소수의 미군까지. 콜롬비아가 원체 시끄러운 동네라는 것을 모르는 사람은 없으니까.

어제만 해도 내 마음에는 그렇듯 동요가 없었다. 무슨 일이 일어나든 각자 자기 할 일만 하면 되는 것이다. 나도 남들처럼 그렇게 생각했다. 그러나 이번만큼은 달라서, 그럴 수가 없었다. 아무렇지 않은 듯 행동할 수 없었던 것이다. 난 무척 놀랐고 그것을 숨기지 못했다.

내가 놀란 이유는 조금 특별했다. 여자가 죽어서 놀란 것도 아니었고, 초등학생이 다쳤다는 사실에 놀란 것도 아니었다. 그곳이 하필 안티오키아 주라는 사실. 그 때문이었다.

더 정확히 말하자면 거기서 멀지 않은 곳에 '바로 그곳'이 있기 때문에서였다.

바로 그곳.

안티오키아 주 어디에서건 조금만 북쪽으로 올라가면 '바로 그곳'이었다. 차종을 가릴 것 없이 백이십쯤 밟는다면 5분도 안 걸리는 '바로 그곳' 말이다.

그랬다. 내가 놀란 것은 폭발 지점이 '아싸라비아' 근처라는 사실 때문이었다.

아주 먼 옛날부터 '아싸라비아'는 나의 꿈이었고 동시에 우리의 꿈이었으며 무엇보다 내겐 지구 반대편 그곳

‘아싸라비아’로 떠난 친구가 있으니까.

나는 황급히 친구에게 편지란 걸 써야만 했다. 연락 방법이 그뿐이었으니 도리가 없었다. 너무도 답답한 마음에 쓴 편지라 다시 읽어볼 생각도 없이 덥석 풀칠을 했다. 얼마 지나지 않아 경솔한 행동이었다는 생각이 들었다. 나는 조금 후회했지만 그렇대도 다시 뜯어보고 싶거나 하진 않았다.

이봐 친구, my friend. 제발 도와줘.

나는 편지를 그렇게 시작했다. 그렇게 첫머리를 쓴 다음 나는 한번도 펜을 내려놓지 않고 죽 써 내려갔다.

여어 친구, my friend. 지금 어디 있어?

나는 그렇게 끝을 맺었다. 날짜를 적은 다음에는 평소 아끼던 만년필을 꺼내 서명했다.

휴, 단숨에 써 내려간 셈이었다.

풀은 금세 말랐다. 쪼글쪼글해진 봉투를 바라보고 있노라니 어쩐지 한숨이 절로 샜다. 눈물 한 방울도 툭 떨어져 내려, 하필 풀칠한 부위가 젖었다. 그래서 봉투 안쪽이 조금 들여다보였다.

나는 셀로판테이프로 편지를 단단히 봉해 버렸다.

예전에 친구는 내게 그런 말을 했었다. 명쾌하고 유쾌한 삶을 살기 위해서는 눈물 한 방울이 필요하다고. 꼭 필요하다며 강조까지 했다. 그 때문인지 몰랐다. 친구는 또 오랫동안 웃을 때 눈가가 젖는 것이 이 같은 이치 때문이라는 말도 덧붙였는데. 그건 참 그럴듯한 말이었다.

나는 소매로 눈가를 훔쳤다. 그래, 한 방울이면 족했으니 말이다.

나는 생각했다. 친구는 내가 편지를 쓰고 있다는 것을, 지금 막 그 편지에 풀칠을 한 다음 긴 숨을 내쉬었다는 것을 알까? 저 먼, 저어 먼 '아싸라비아'에서.

책상 위에 놓여 있는 작은 시계의 톡탁톡탁 소리가 유독 크게 들렸다. 나는 편지를 후 하고 분 다음 재킷 안 주머니에 조심스레 집어넣었다.

그러곤 양손을 모아 깍지를 끼고 아주 편안한 자세로 벽에 기대어봤다. 특별한 이유는 없었다. 내게는 기분 전환이 필요했고, 그래서 엘비스를 떠올린 것뿐이었다.

그 친구는 외로움을 무척 타는 스타일이었지만 그 와중에도 즐거움을 잃거나 하진 않았기 때문에 내겐 종종 큰 귀감이 됐다. 지금은 없는 엘비스. 예전에 엘비스는 내게 「불타는 사랑」을 가르쳐주면서 다음과 같이 말했었다.


'풀칠'할 땐 조금만 발라야 해. 적당히. 안 그럼 막 쭈글쭈글해지니 유의할 것. 흠, '풀칠' 난에다간 세상 그 무엇을 넣어도 좋아.

우체국 직원의 이름은 '적당히'였다.

촌스러운 것은 물론이거니와 우습기까지 한 이름이었다. 세상에 원, 적 씨도 있나 싶어 이상했지만 뭐 그럴 수도 있겠다 생각했다. 이름을 갖고 놀려대는 일은 아무래도 좋지 않으니까. 두 달 전에는 '대충해'라는 이름의 시청 직원을 만난 적도 있었다. 그때도 나는 그를 골려 주거나 하지 않았다. 세상엔 이상한 일도 많지만 이상한 이름도 많다는 것을 나는 잘 알고 있었다.

탱탱한 느낌(정말이지 잘 닦여 있었다.)의 유리 현관을 밀고 들어선 우체국 안에는 기묘한 기운이 감돌고 있었다. 그것은 권태로운 느낌이기도, 사뭇 공격적인 느낌이기도 했다. 뭐라고 딱 부러지게 설명하기는 어려웠다. 뭐랄까 정말이지 별 거지 같은 기운이라고밖에는 설명할 수 없는, 그러니까 일반인들이라면 그 누구도 쉽게 다가설 수 없는 야릇하고 찜찜한 기운이라고 할까. 하지만 나는 이내 그 기운이 무엇인지 알아낼 수 있었다. 내가 다른 사람들과는 다르게 태연히 행동할 수 있었던 것은 그 때문이었다. 문제의 야릇하고 찜찜한 기운. 사실 별게 아니었다.

곧 퇴근 시간인데, 우체국 안에 사람이 너무 많았다는 것.

그래서인지 눈가가 움푹 팬 우체국 직원은 줄곧 내게

짜증 섞인 목소리로만 말을 이었다. 아니 대놓고 신경질까지 부렸다. 내가 자꾸 질문을 했기 때문이겠지만 좀 너무한다 싶을 정도였다.

"지금 장난해? 내가 그걸 어떻게 알아?"

우체국 직원은 기어이 자리를 박차고 일어나 내게 소리쳤다. 연주 도중 끊어져버린 기타 줄 소리처럼 불편하기 그지없는 소리였다. 동시에 날카로운 느낌까지 주는 목소리였다. 나는 미간을 약간 찡그려 보았다. 나로선 그뿐이었다. 내겐 같이 화를 낼 만한 여력이 없었다. 나는 친구에게 편지를 꼭 보내고 싶었으니까. 그러니 재차 물어볼 수밖에.

나로선 정말이지 도리가 없었다.

"우편 번호 좀 알려주세요."

"진짜 몰라! 그걸 내가 어떻게 알겠냐고?"

"우체국 직원이 우편 번호를 모르면 누가 알겠어요?"

"뭐 이런 새끼가 다 있어? 그래, 그 아싸라비안가가 어딘데?"

"콜롬비아 옆이오."

"콜롬비아 옆 어디에 아싸라비아가 있는데?"

"있어요. 아싸라비아. 가르쳐줘요."

나는 끝내 그에게 반말을 하지 않았다. 단 한마디도 하지 않았다. 그러니까 최대한 예의를 갖춘 셈이었다.

‘공무원에게 좋은 대접을 받고자 하려면 예의를 갖춰야 할지니, 그렇지 않으면 공무원은 막 나갈 것이라.’ 이렇듯 공격적이며 사뭇 역설적이기도 한 장황한 문장이 각종 공무원의 메카, 곧 내가 다녔던 고교의 교훈이었으니까.

나는 세상을 현명하게 살고 싶었고, 때문에 그 유려한 교훈을 가슴속 깊이깊이 새겨놓은 지 오래였다. 그리하여 고교를 졸업한 지가 꽤 되었지만 그 뜻에 따라 살려고 그야말로 최선을 다하던 터였다.

그럼에도 이 우체국 직원과는 도통 말이 통하지 않는 듯해서, 물론 나 역시 조금 화가 치민 것은 사실이었다. 하지만 그렇다고 해서 냉정마저 잃을 수는 없는 노릇이고 보니 재차 묻기만 해야 할 뿐 어쩔 수가 없었다. 냉정을 지키는 것. 그쪽에 나는 꽤 소질이 있었다.

“아싸라비아의 우편 번호를 알려줘요.”

“으아, 정말 미치겠구먼. 야 이 새끼야, 너 몇 살이야? 내가 81년도에 배명받아서 20년을 일했어. 라트비아, 유고슬라비아, 불가리아, 사우디아라비아, 볼리비아, 이런 건 알아. 그런데, 뭔 싸라비아? 이 새끼가 진짜. 너 뭐야? 너 대체 뭔데?”

기어이 그는 막 나가기 시작했다.

이내 직원 몇이 합세하는 데에는 오랜 시간이 걸리지 않았다. 한번에 달려든 그들은 나를 손쉽게 현관 쪽으로 밀어냈다. 어쩔 수 없이 나는 필사의 '발가락 세우기'로 맞서야 했다. 하지만 여럿이 한꺼번에 달려든 터이고 보니 내 뒤꿈치는 쉽게 죽죽 밀려날 뿐이었다.

내 머리통이 다 빠져나가기도 전에 '적당히' 씨가 선두에서 현관문을 닫아버렸다. 결국 나는 바깥으로 떠밀린 꼴이 되고 말았다. 그야말로 손쉽게, 완전히 밖으로 밀려난 셈이었다.

그렇대도 포기할 수는 없는 일이어서 나는 현관 유리에 코를 박고는 문을 두들겨대기 시작했다. 쾅. 쾅. 쾅. 쾅. 쾅. 이런 식이었다. 그 순간에도 나는 박자를 맞추는 것을 놓치지 않았다.

나는 정말이지 마지막이다 싶은 심정으로 말했다.

"번호 하나 알려주면 되는 일을 왜 이렇게 질질 끄는 거예요? 몇 번이죠?"

그러자 도저히 참을 수 없다는 표정으로 나를 노려보던 다른 우체국 직원 한 명이 머리칼을 쥐어뜯더니 어디론가 전화를 걸었다.

그러곤 시간이 흘렀다.

급기야 지쳐버린 나는 두드리는 일을 멈췄다. 여러 가지 이유가 있었지만, 문득 어쩐지 한 여자로부터 버림받은 것만 같은 기분이 들어서였다. 허탈해진 나는 주머니에 손을 넣고 동전 몇 개를 만지작거리면서 다시 문이

열리기만을 기다렸다. 시원스레 불어든 바람 한 점이 내 머리칼 새로 스몄다.

내친김에 나는 재킷의 단추까지 풀어헤쳐 온몸으로 바람을 받아들였다. 냉정을 찾으려고 말이다. 그런데, 그랬더니 정말 제대로 버림받은 느낌이 드는 것이 아닌가. 젠장.

아무래도 조금 더 버틸 수 있었는데. 결과적으로 밀려났다는 사실 때문인 것 같았다.

해서 나는 마이클을 생각하기로 했다. 마이클은 애초부터 건강이 좋지 않은 친구였지만 그럼에도 다른 사람의 컨디션을 챙겨줄 줄 아는 여유를 갖고 있어 내겐 큰 귀감이 되곤 했다. 몸의 상태와 정신의 상태가 분명 다르다는 것을 나는 그에게서 배웠다. 그러니 어찌 그를 생각하지 않을 수 있을까.

예전에 마이클은 내게 「빌리진은 이제 더 이상 내 사랑이 아니야」를 가르쳐주면서 다음과 같이 말했었다.

'버티기'를 할 땐 발가락에 너무 힘을 주면 안 돼. 뼈가 부러질 수도 있으니 유의할 것. 흠, '버티기' 난에다간 네가 현재 참고 있는 걸 넣어. 참고 있는 것이라면 세상 그 어떤 것을 넣어도 좋아.

얼마 지나지 않아 노란 경광등을 단 승용차 한 대가 미끄러지듯 우체국 한가운데로 들어섰다. 바퀴가 멈추기도 전에 모자를 쓰고 우스꽝스러운 제복을 입은 남자 둘이 차에서 내렸다. 한눈에도 용역 회사인 S 사(社)의 안전 요원이라는 것을 알 수 있었다.

한 명은 아주 단단해 뵈는 어깨를 갖고 있었고 또 한 명은 머리가 무척 길었다. 먼저 내린 사내는 어깨가 단단해 보인다는 것 말고는 특별한 것이 아무것도 없어 다시 쳐다보고 싶지도 않았지만 머리가 긴 사내는 모자 밖으로 검은 머리가 비죽 삐져나와 있어 조금 텁수룩해 보였음에도 자꾸만 눈이 갔다.

나는 그가 눈이 부실 만큼 아주 맑은 눈동자를 갖고 있다는 것을 금세 알아챘다. 모자 사이로 눈이 반짝반짝 빛났기 때문이었다. 눈이 반짝거리는 사람에게는 대개 이유 없이 믿음이 가는 법이니까. 어쩐지 그와는 이야기가 통할 것만 같았다.

긴 머리가 성큼성큼 다가와 나를 현관에서 떼어냈다. 다른 한 명은 안으로 들어가 '적당히' 씨와 이야기를 나눴다. 나로선 긴 머리와 이야기 나눌 수 있는 기회를 얻은 셈이었다.

긴 머리는 먼저 내 눈을 꽤 오랫동안 들여다봤다. 그러고는 무전으로 본부에 알렸다.

"이 친구 무기 같은 건 없다."

그런 다음 긴 머리는 무척 조심스럽게 물었다.

"진짜 이유가 뭔데요?"

"정말 우편 번호뿐이에요. 알고 싶은데 가르쳐주질 않으니까요."

"어디 우편 번호를 알고 싶은 건데요?"

"아싸라비아요."

"아싸라비아요? 거기가 어딘데요?"

"콜롬비아 옆이오. 몰라요?"

"글쎄요."

솔직히 나는 조금 실망했다. 하지만 그는 머리를 갸웃거리며 뭔가 생각하려 애써 줬다. 우체국 직원과는 역시나 달랐다. 최소한의 성의를 보여준 셈이니 고맙지 않을 수 없었다. 그러나 생각이 나지 않기는 그도 마찬가지인 듯, 그는 재차 내게 잘 모르겠다는 대답만 했다.

내가 말했다.

"정말 몰라요? 그렇다면……."

그의 마음속에도 무기 같은 것은 없는 듯해서 나는 결심했다. 잘 모르겠다고 대답하던 그의 표정이 그랬으니까. 장소도 영 마음에 들지 않고, 기분도 썩 내키지 않았지만 나는 그에게 보여주기로 했다.

친구가 떠난 이후 보다 기술을 익힌 탓도 있지만 내가

실로 오랜만에 '아싸라비아 콜롬비아'를 해야겠다고 마음먹은 것은 무엇보다 그의 맑고 빛나는 눈동자로부터 읽어낸 '믿음'이란 것 때문이었다.

나는 지그시 눈을 감았다.

너무 오랜만이라 조금 떨린 것도 사실이었지만 나는 이를 악물고 엉덩이를 뒤로 뺀 다음 배꼽 아래 한가운데 힘을 줬다. 순간 다행스럽게도 아주 빠른 속도의, 이를 데 없이 뜨거운 열정의 줄기가 배꼽 아래로부터 솟구쳐 올랐다. 불타는 열정의 줄기는 어깨를 타고 이내 양팔로 번져들었고 거침없는 회오리와도 같은 그 뜨거움으로 나는 두 팔을 하늘을 향해 쭉 뻗어 올릴 수 있었다.

그런 다음 나는 사정없이 몸을 흔들어댔다.

나를 지켜보고 있던 긴 머리의 첫 번째 반응은 움찔하면서 몇 걸음인가 뒤쪽으로 휘청인 것이었다. 무척 놀란 모양이었다.

하지만 긴 머리는 이내 자세를 가다듬고는 숨을 골랐다. 그런 다음 내 몸의 움직임을 우유를 마시듯 들이켜기 시작했다. 순간 나는 흥분하지 않을 수 없었다. 내 예상은 적중한 셈이었다.

그는 알고 있었다. 애초부터 '아싸라비아 콜롬비아'가 '보는 것'이 아니라 '마시는 것'이라는 것을.

나는 이마에 땀방울이 맺히는 것도 마다 않고 눈동자

가 맑은 그를 위해 계속해서 '아싸라비아 콜롬비아'를 했다.

얼마 안 있어 그는 반응까지 보였다. 한참 만에야 생각났다는 듯 고개만 움직이던 긴 머리가 내 '아싸라비아 콜롬비아'에 박자를 맞추기 시작한 것이다.

내가 다시 숨을 고를 수 있게 된 것은 꽤 오랜 시간이 지난 후였다. 긴 머리는 내게 정말로 감동했다는 눈빛을 보내줬고 진심에서 우러나오는 박수도 쳐줬다. 그는 내게 흠뻑 빠져버린 모양이었다.

"세상에, 정말 오랜만에 봅니다. 그거. 사실 예전엔 나도 꽤 했었는데."

"고마워요."

우리 둘 사이로 '신뢰'란 것이 싹을 틔운 순간이었다.

마침 '적당히' 씨와 이야기를 나누던 다른 한 명이 돌아왔는데, 긴 머리 곁에 서자마자 불쾌한 표정으로 나를 노려봤다. 긴 머리는 조금 옆으로 비켜서서 그에게 짧게 물었다.

"뭐래?"

아주 형식적인 질문이었다.

"적당히 해달래."

그 역시 짧게 대답했다.

"알았어. 나머진 내가 처리할게."

긴 머리는 그렇게 대답한 다음 다시 나를 향해 고개를 돌렸다. 그는 미안합니다, 라는 말을 잊지 않았다. 나는 그 순간을 놓치지 않고 그에게 물었다.

"방금 거, 할 줄 알아요?"

"음, 부끄럽지만 예전에 좀 했어요. 하지만 지금은 못 해요. 시간이 많이 지났으니까. 게다가 함부로 할 수 있는 게 아니잖아요. 대신 이건 좀 할 줄 알죠. 지금도 몰래 조금씩 하고 있거든요."

말을 마친 그는 내게 간단한 몇 가지 동작을 선보이려는 듯 숨을 골랐다. 그는 지그시 눈을 감았고 오른쪽 다리를 쭉 펴 들었다. 무언가 동작을 취하려는 참이어서 나는 잔뜩 기대하지 않을 수 없었다. 그런데 다른 한 명이 황급히 긴 머리의 어깨를 채는 바람에 완성된 동작은 나오지 않았다. 나는 그만 김이 빠져버렸다.

"이봐, 지금 무슨 짓이야. 길바닥에서 춤을 추려고?"

"시끄러. 좀 가만있어. 집중해야 하니까."

"지금 제정신이야?"

"좀 조용히 해. 집중해야 한다고 그랬잖아."

"일 하다 무슨 짓이야?"

"에이 진짜, 조용히 하라니까!"

긴 머리는 대답을 마치고 귀찮았는지 어깨가 단단해 보이는 사내의 옆구리를 걷어찼다. 어깨가 단단해 보이는 사내는 부엌 바닥을 향해 떨어진 달걀처럼 툭 고꾸라 졌다.

긴 머리는 고개를 좌우로 흔들다 다시 몸을 움직이기 시작했다. 나는 눈앞에서 벌어진 급작스러운 광경에 잠시 당황했지만 비로소 뭔가 제대로 시작되려는 화려한 느낌에 쉽게 적응해 그를 향해 박자를 맞춰줄 수 있었다. 솔직히 달걀 따위 어찌 되든 알 바 아니었으니까. 내가 박자를 맞춰주자 신이 났던지 긴 머리는 몸을 점점 빠르게 움직여 나갔다.

그가 동작을 멈췄을 때 나는 기뻤다. 전체적으로 조금 서툴긴 했지만 나름대로 훌륭한 동작이었기 때문이었다. 나는 짧게 휘파람을 불어준 다음 당장에 커피 세 잔쯤 너끈히 끓여낼 수 있을 만큼의 뜨겁고 뜨거운 박수를 그에게 보내줬다.

"그거, 삐빠빠룰라죠?"

"예. 역시. 알고 있을 줄 알았어요. 이거 정말 기분이 좋네요."

긴 머리는 이마에 맺힌 땀을 손등으로 닦아내며 그렇게 대답했다.

"사실 삐빠빠룰라에도 친구가 한 명 살고 있거든요. 그녀는 한때 내 베이비였어요. 삐빠빠룰라는 아프리카 남쪽에 있어요. 그건 그렇고, 그렇게 훌륭한 춤을 알면서 왜 이따위 일을 해요?”

나는 다시 한번 쓰러진 사내를 바라보다 긴 머리에게 물었다. 쓰러진 사내는 여전히 움직일 줄 모른 채 거꾸러져 있었다.

“휴, 살아야 하니까요.”

그렇게 대답하고 긴 머리는 고개를 푹 숙였다.

순간 나는 맑디맑은 그의 눈으로 슬픔이 그렁그렁 차오르는 것을 보았다. 긴 머리가 자신의 머리칼만큼이나 긴 숨을 내쉬었기 때문에 나는 잠시나마 내가 무언가 큰 잘못을 저지른 것이 아닌가 하는 생각을 해야 했다.

그런 와중에서도 나는 존을 떠올렸다. 순간 내 머리 속으로 언젠가 존이 내게 했던 말이 스친 것이다.

가난이라는 운명과 쌍둥이처럼 손잡고 태어난 존은 그 운명대로 어려서부터 아주 지지리 궁상맞은 생활을 했지만 다행히 주말 저녁마다 디스코텍에 가는 것 하나만으로 마음의 상심과 허전함을 달랠 줄 아는 소박함을 갖고 있었기 때문에 내겐 큰 귀감이 되곤 했다.

예전에 존은 내게 「토요일 밤의 열기」를 가르쳐 주면서 다음과 같이 말했었다.

싸울 수 없다면 도망치는 것도 나쁘지 않지. 디스코는 원래가 그런 거거든. 하지만 혼자서 무대를 다 차지하려고는 하지 말 것. 흠, 꼭 싸움이 아니어도 좋아. 하기 싫은 것을 억지로 하는 건 좋지 않다는 거야. 차라리 두 번째를 선택하라고.

일이 이렇고 보니 내게, 아니 우리에게 선택의 여지 따위 있을 리 없었다. 내 머릿속에서 존은 속삭이고 있었다. 그 순간이 내게도 온 것이라고.

나는 우편 번호를 알아내지 못해 견딜 수 없는 상실감에 빠져버렸고 긴 머리는 실로 오랜만에 '삐빠빠룰라'를 하게 되어 정신 상태가 7월의 태풍처럼 뒤죽박죽 엉켜버렸으니 그에게나 내게나 결론은 하나뿐일 수밖에 없었던 것이다. 우리가 여행을 떠나기로 마음먹은 것은 당연한 결과였다.

물론 행선지는 우리의 꿈인 동시에 내 친구가 있는 그곳, '아싸라비아'.

하지만 어떻게!

그 먼 곳을 어떻게 가야 할 것인지 생각해 보니 난감하지 않을 수 없었다. 하지만 그 문제는 긴 머리가 쉽게 해결해 줬다. 안전 요원이란 생각보다 여러모로 쓸모가 많은 직업이었다.

그가 내놓은 해결책은 노란 불빛이었다. 그는 말했다. 경광등이 뿜어내는 노란 불빛을 따라가면 아무 문제가 없을 것이며 실제로 그 일은 그리 힘들지도 않다고.

때마침 우리가 잠시 잊고 있었던 단단한 어깨의 남자(바닥에 떨어진 달걀 말이다.)가 꼼지락거리다 다시 자리에서 일어났다. 하지만 우리는 신경 쓰지 않았다. 그는 고통스러운 표정으로 머리를 흔들면서 옆구리를 쓰다듬다가 문득 동작을 멈추곤 나와 긴 머리의 얼굴을 번갈아 바라봤다. 자신이 본부까지 걸어서 돌아가야 하는 상황에 빠져버렸다는 것을 알아챈 모양이었다. 그는 고통스러운 표정으로 긴 머리를 향해 말했다.

"이봐, 어떻게 할 거야? 저 녀석 잡고 우린 우리 일을 해야지."

"난 이 친구와 함께 갈 거야. 보면 모르겠어?"

"뭐? 그럼 나는?"

"넌 그냥 걸어가."

"뭐?"

"또 내가 없더라도 그 어깨에 힘 빼는 연습을 게을리하면 안 될 거야. 그렇게 굳은 어깨로 뭘 할 수 있겠어?"

마지막 작별 인사일지도 모를 긴 머리의 말을 전해 들은, 단단히 굳어버린 어깨의 남자는 씨팔 진짜 큰일 났다, 라는 내용의 무전을 본무로 휙휙 날린 다음에야 뒤돌아섰다. 그 와중에도 그는 꽤 툴툴거렸다.

하늘은 어두워지고 있었다. 우체국의 이상한 기운을 견뎌내지 못한 사람들이 계단에 침을 찍찍 뱉으며 현관문을 통해 빠져나오는 참이었다. 반면 우체국의 이상한 기운은 점점 맑고 상쾌해지기 시작했는데, 정말이지 알 수 없는 일이었다.

얼마 지나지 않아 '적당히' 씨도 현관을 나와 모습을 드러냈다. 그는 맑고 상쾌해진 공기에 만족해 죽겠다는 듯 만면에 웃음 띤 얼굴로 우체국 현관의 셔터를 내리느라 분주했다. 내심 반가웠던 나는 마지막으로 한번만 더 물어봐야겠다 마음을 먹었다.

하지만 '적당히' 씨는 내가 다가서자마자 소리 질렀다. 그의 양손은 바르르 떨리고 있었다.

"가까이 오지 마! 거기 서서. 서서."

"아싸라비아의 우편 번호를……."

"내가, 씨팔, 그걸, 어떻게, 아냐고!"

마침내 그는 야수가 되어버렸다.

냅다 소리를 지른 그는 현관 옆에 마련된 바구니에서 무언가 꺼내들더니 앞뒤 잴 것도 없이 그것을 나를 향해 120퍼센트 신경질적인 폼으로 집어던졌다. 바구니에는 '구민을 위한 재활용품'이라고 쓰여 있었다.

그가 계속해서 뜻 모를 괴성을 질러댔기 때문에 나는 그냥 돌아섰다.

“거기 서, 이 새끼야!”

나를 향해 날아온 것은 꽤 훌륭해 보이는 남성용 빨간 구두였다.

나는 얼굴이 붉을 대로 붉어진, 게다가 이상한 소리까지 계속해서 질러댄 ‘적당히’ 씨가 행여 실신할지도 모른다는 생각을 했다.

나는 말없이 빨간 구두를 옆구리에 낀 채 차에 올랐다. 긴 머리는 이미 운전석에 자리를 잡고 있었다. 핸들을 움켜쥐고 있던 긴 머리는 내 옆구리에 끼어 있는 빨간 구두를 확인하고는 약간 무심한 목소리로 말했다.

“댄스 슈즈군요.”

휴, 우리의 여행은 그렇게 시작된 것이다.

적당히 씨가 제자리에서 팔짝팔짝 뛰고 있는 동안 긴 머리는 이글 퍼팅의 스윙처럼 경쾌한 동작으로 승용차의 키를 돌렸다. 95년식 소나타를 개조한 차는 이내 화답했다. 차는 온통 윤기 나는 털로만 뒤덮인 한 무리의 양을 발견한 코요테처럼 용맹스럽게 으르렁대기 시작했다.

이윽고 긴 머리가 경광등에 불을 밝히자,

아아, 너무도 아름다운 광경이 펼쳐졌다.

눈부시게 찬란한 노란빛이 저 먼 곳을 향해 일직선으로 뻗어나간다.

약간의 어지럼증을 느낀 나는 주먹을 불끈 쥐어야 했

다. 몸과 마음이 달아올라 마침내 불덩이가 되어버리는 듯한 착각에 빠진 것이다. 그렇다고 해서 소리를 지른다거나 하지는 않았다. 앞서 말했지만 나는 세상을 현명하게 살고 싶었고, 이대로 떠난다고 해서 모든 문제가 쉽게 해결되지는 않는다는 것도 잘 알고 있었으니까.

긴 머리도 다행히 사이렌을 울리지는 않았다. 행여 사이렌까지 울리면서 달리면 어떡하나 걱정했는데, 덕분에 난 편한 자세로 시트에 몸을 묻을 수 있었다. 사이렌을 울린다는 것 역시 우세스러운 일이긴 마찬가지니까.

차가 어느 정도 속도에 익숙해질 즈음 긴 머리는 내게 물었다.

"음, 제 이름은 토토입니다. 그쪽 이름도 아직 모르는데……."

"아, 그렇네요. 제 이름은 김도로입니다. 그냥 도로 씨 하고 부르세요."

서로에게 이름을 알려주는 일만큼 신나는 일이 있을까? 서로의 이름을 알고 보니 어쩐지 그와 보다 가까운 사이가 된 것만 같았다.

그래서 나는 우편 번호를 알아내지 못했음에도 아주 기분이 좋았다.

통성명을 하고 보니 문득 제임스 생각이 났다. 제임스는 아주 격정적인 몸동작을 갖고 있으면서도 신앙심이 좋아 내게 큰 귀감이 되곤 했었다. 그 친군 툭하면 내 이름은 브라운이야, 제임스 브라운, 하는 말버릇을 갖고 있었다.

예전에 나는 제임스와 아폴로 극장에 간 적이 있었는데 그때 제임스는 그곳 무대 위에서 내게 변함없는 스테이지 매너와 함께 「나는 기분이 좋아」를 가르쳐주면서 다음과 같이 말했었다.

일단 잡았다면 놓치지 않는 것이 현명한 거야. 그런 다음 반복, 반복, 반복. 그렇지만 너무 펑키해지지 않도록 유의할 것. 흠, 뭐든 잡은 것은 놓치지 말아야 해. 특히 네가 사랑하는 것이라면 말이지. 그러곤 반복.

그렇다. 그러곤 반복의 연속이었다. 그러니 조금은 펑키하다 생각해도 무리는 없겠다.

이후의 일은 거침없이 순서에 맞게 착착 돌아갔으니 말이다.

나는 그간 아껴 신었던 스니커즈를 벗어, 스물여섯 시절 졸업식 날 사각모를 집어던졌던 것처럼, 시원스레 차창 밖으로 내던졌다. 그런 다음에는 빨간 댄스 슈즈를 신었다. 착용감이 일품이었다. 나는 바꿔 신은 빨간 댄스 슈즈로 바닥도 탁탁 두드려봤다. 그런 나를 보고 있

던 긴 머리는 내게 빨간 댄스 슈즈가 미쳐 환장할 정도
로 잘 어울린다는 칭찬을 해줬다. 나는 어깨를 약간 으
쓱해 보인 다음 다시 시트에 몸을 묻었다.

자동차는 시원스레 내달렸다.

우리는 얼마지 않아 두 명의 남자를 만나게 됐다. 대
충 짐작했겠지만 그들도 우리의 일행이 됐다. 그들은 모
두 기꺼이 우리의 차에 올랐다.

먼저 첫 번째.

한 명은 야구팀 '라이온즈' 소속의 포수였다. 그는 거
리낌 없이 자신이 2군임을 고백했다.

그리고 두 번째.

다른 한 명은 영등포의 외진 나이트클럽 '모두모두 차
차차'의 웨이터였다. 그는 '나무꾼'이라는 닉네임을 갖
고 있었는데 그 역시 2군이기는 마찬가지였다.

나와 긴 머리는 달리는 차에 몸과 마음을 맡긴 채 그
들로부터 이태까지의 그들 인생, 그러니까 흔히들 2군이
라 불리는 인생의 하루하루가 얼마나 모질고 힘든 나날
의 연속인가에 대한 이야기를 들었다. 그 이야기는 아주
길어서 비디오로 출시된다면 상, 하로 나뉠 만큼 충분한
양이었다. 내용인즉 이랬다.

우선 덩치에 어울리지 않게 포수는 겁이 많은 성격이
었다. 사실 '겁이 많다'라는 것을 성격이라 말하기에는

좀 뭣한 감이 없잖아 있는 것이 사실이다. 하지만 나는 그렇게 생각하기로 했고, 실제로도 그에게 그렇게 말해 줬다.

나는 겁이 많은 것은 결코 숨기고 살 필요가 없는 것이라 그에게 충고해 줬다. 말하자면 겁이 많다는 것은 얼굴에 점이 나 있다거나 말을 할 때 에, 에, 소리를 내는 것과 다르지 않다는 뜻이었는데, 그런 것들은 살아가는 데 아무런 장애가 되지 않는다고, 나는 차근차근 이야기해 줬다.

그럼에도 불구하고 그는 내게 되물었다. 겁이 많다는 것을 똑똑히 알고 있으면서도 굳이 포수가 되려 했던 자신의 꿈이 너무나도 허황되지 않느냐고. 그래선지 요즘 들어 지나가 버린 자신의 삶 자체가 후회된다고 고백했다. 날아오는 공이 무서워 자꾸만 눈을 감는 것이 그만 버릇이 되어버렸기 때문에 자신은 제대로 된 그라운드에 절대로 설 수 없을 것이며 그럴 바에야 살아갈 가치가 하나도 없다면서 말이다.

그는 내게 그것이 허망한 꿈이라 단호히 말했다.

그러고 나서 그는 나를 향해 여봐란듯이 이상한 손동작을 해 보였다. 나는 그에게 대체 그게 무슨 뜻이냐고 물었다. 그러자 그는 이렇게, 이렇게, 그리고 이렇게 하면 '허망한 꿈을 갖고 있다.'란 뜻이 된다고 말했다. 그것은 사인이었다.

　포수의 사인이라는 것이 스트라이크와 볼, 그리고 기껏해야 '기분 엿 같으니 확 이마빡이나 맞춰버려.'라는 의미의 데드 볼 정도가 다인 줄 알았던 나는 꽤 놀랄 수밖에 없었다. 그는 그런 나를 위해 야구란 그리 간단한 경기가 아니며 포수에게는 그것 말고도 꽤 여러 가지의 사인이, 예컨대 달력에 빼곡히 박혀 있는 숫자를 다 합친 것만큼이나 풍부하게 있노라는 설명을 해줬다.

　그에게는 무슨 말이든지 사인으로 만들어 표현해 내는 재주가 있었던 것이다.

　코를 가까이 대고 킁킁거리면 향기라도 맡을 수 있을 만큼 멋들어진 외모를 갖고 있는 나무꾼은 내게 여자가 없어 서글프다는 말을 했다. 나는 그에게도 충고를 해줬다. 살아가는 데 있어 여자란 수정과 위에 띄워놓은 세 알의 잣 정도밖에 되지 않는다고 말이다. 그건 있으면 더없이 훌륭하고 보기에도 좋지만, 없다고 해서 아예 마실 수 없을 정도는 아니라는 뜻이었다.

　그럼에도 불구하고 그는 자기 스스로는 여자 하나 없으면서 숱한 사람들에게 부킹을 해줬다는 것이, 그리하여 모두가 서로 사랑하는, 그야말로 아름다운 세상을 만들려 했던 자신의 꿈이 너무나도 허황되다는 생각이 들지 않느냐며, 역시 내게 요즘 들어 지나가 버린 자신의 삶 자체가 약간 후회스럽다는 고백을 했다.

그는 그것이 위선이라 단호히 말했다.

그러고 나서 그는 머리칼을 쓸어 넘겼다. 그의 머리칼에는 퍽 성실해 보이는 솜씨로 펴 바른 무스(예컨대 막 모내기를 마친 논처럼)로 가득했다. 그래서인지 그가 머리칼을 넘길 때마다 사각사각 하고 얼음 가는 소리가 났다.

그랬다. 그들은 춤이란 걸 잊고 살았던 것이다.

나는 그것을 쉽게 알아챌 수 있었다. 어쩌면 내가 빨간 댄스 슈즈를 신고 있어서인지도 몰랐다. 어쩐지 모두 이해할 수 있을 것만 같은 기분이었지만 문제는 내가 할 수 있는 일이 없다는 데 있었다.

뭐 어떻게 해. 할 수 없는 건 할 수 없는 것이다.

하지만 그렇게 생각하고 보니 열 발가락 모두가 근질거렸다. 그러니까 결과적으로 내 충고는 그들에게 별 용기를 주지 못한 셈이다. 나는 꽤 여러 가지 비유와 상징으로 계속해서 충고를 해주었지만 그간 그들이 견뎌온 상처의 무게와 평형을 이루기에는 역부족이었던 것이다. 무척 답답했지만 어쩔 수 없는 노릇이어서 나는 발가락 사이에 손가락을 끼워 몇 번이고 계속해서 긁어대기만 했다. 그런 다음에는 그저 창밖만 바라봤다. 하지만 나는 상심하지 않았다. 그곳에 도착하면 보다 멋지게 설명해 줄 수 있다는 희망이 있어서였다. 내가 입을 다물고 발가락을 계속해서 긁어댈 수 있었던 것은 그 때문이었다.

그래서 차 안은 금세 조용해졌다.

끝이 뾰족뾰족한 나무들만 우리 곁을 훽훽 소리 내며 지나쳐 갈 뿐이었다.

그 누구 하나 입을 여는 사람이 없었으니 당연했다. 너무도 조용했다. 소리라고는 포수의 이상한 손동작으로 인한 쉭쉭 소리와 이따금 머리칼을 넘기는 나무꾼의 사각사각 소리, 그리고 내가 발가락을 긁는 푸석푸석한 소리가 고작이었다. 나는 약간 황망한 기분(마치 진짜 남극 한가운데 서 있는 것만 같았다.)에 사로잡혀야 했다. 어색한 침묵이란 얼마나 견디기 어려운 것인가.

그래서 나는 저 옛날의 진 켈리를 생각하기로 했다. 그 친구는 작은 키에도 불구하고 중후한 멋이란 것이 무엇인지 잘 알고 있었다. 그는 또 한시도 조용히 앉아 있는 법이 없어 꽤 유쾌했는데 그런 것들 모두가 다 내게 큰 귀감이 되곤 했었다.

예전에 나는 진과 함께 노란 장화와 우비를 사러 간 적이 있었다. 그때 진은 장화와 우비라면 남대문 시장이 가장 싸다는 것을 가르쳐주면서 내게 「빗속에서 노래해」를 가르쳐주었다. 그때 진은 다음과 같이 말했었다.

기회가 자주 오지 않는다는 것은 잘 알고 있겠지? 기억을 되살린다는 것은 그래서 힘든 일이야. 마치 탭 댄스처럼 탁, 탁, 탁. 하지만 너무 감상에 젖지는 말 것. 흠, 이쯤 되면 좀 어렵지. 그게 삶이야. 탁, 탁, 탁. 그래.

하지만 나는 오래 견디지 못했다. 참다가 참다가, 이윽고 나는 그들에게 '최후의 그것'을 선사해 주기로 마음을 먹었다. 도무지 답답해서 견딜 수가 없어서였다. 긁어도 긁어도 발가락이 시원해지지 않는다는 등등의 까닭도 있지만, 마냥 달린다고만 해서 우리 모두의 마음 깊은 곳에 담겨진 온갖 종류의 문제들이 해결되지는 않을 것 같아서였다.

물론 '최후의 그것'을 하기 위해서는 '아싸라비아 콜롬비아'와는 비교도 되지 않을 정도의 준비 시간이 걸릴 테지만, 또 나보다는 실제 '아싸라비아'에서 헤로인과 코카인을 담뿍담뿍 마셔가며 연구하고 있을 친구가 하는 편이 더 나을 테지만, 어쨌든 나로선 각오가 돼 있었고, 무엇보다 언제 도착할지도 모르는 상황이고 보니 도리가 없었다. 너무 조용한 분위기란 건강에 해롭기 마련이니 최소한 다른 일행에게 불쾌감을 준다거나 하지도 않을 것 같아서 나는 용기를 낼 수 있었다.

내가 '최후의 그것'을 준비하는 동안 긴 머리는 묵묵

히 노란 불빛을 따라 차를 몰았고, 포수는 어처구니없이
복잡한 손동작을 했고, 나무꾼은 사각사각 소리를 내며
머리를 매만졌다. 세상의 모든 준비란, 그러니까 아주
어릴 적 구충 검사 결과 발표일이라든가 예습부터 시작
해서, 고교 배정 발표일, 입영 전야 등등 힘든 일이기
마련이다. 꽤 오랜 시간이 지난 후에야 나는 힘들고 힘
든 준비를 마칠 수 있었다.

"됐어요. 닭 다리 잡고 삐악삐악 알아요?"

내가 묻자 일행은 모두 소스라치게 놀랐다. 하지만 이
내 일행은 모두들 천천히 고개를 끄덕였다. 최소한 알고
는 있다고. 그래서 나는 보다 큰 목소리로 말할 수 있
었다.

"그럼 그걸 한번 하자고요. 젠장, 너무 조용하잖아
요!"

하지만 일행은 모두들 고개를 가로저었다.

"우리 나이가 몇인데요."

"벌써 다 잊었어요. 무서워요."

"여자도 없는 놈에게 그런 격정적인 마음이 있을 리
없죠."

그럼에도 나는 포기하지 않았다. 그들에게 용기를 주
고 싶었고, 그리하여 언제 끝날지 모르는 이 여행길을
그들에게 좋은 기억으로 남겨주고 싶었다.

"그럼 내가 먼저 시작할 테니까 따라서만 해요. 그 옛날 기분으로 돌아가면 할 수 있어요. 그러니까 따라만 해요."

그렇게 말을 마친 다음 나는 지그시 눈을 감았다.

나는 다시 이를 악물고 엉덩이를 뒤로 뺀 다음 배꼽 아래 한가운데 힘을 줬다. 역시 다행스럽게도 아주 빠른 속도의, 이를 데 없이 뜨거운 열정의 줄기가 배꼽 아래로부터 솟구쳐 어깨를 타고 양팔로 번져들었다.

내 움직임이 시작되자 일행은 숨을 죽였다.

나는 그들이 뭔가 기대하고 있다는 것을 알 수 있었다. 그래서 더욱 힘을 냈다. 이윽고 솟구친 내 최고의 열정 '닭 다리 잡고 삐악삐악'이 예의 눈물처럼 그들을 향해 번져나갔다.

그 열정은 토토 씨에게 미래에의 꿈을, 포수에게 용기를, 나무꾼에게는 더없이 사랑스러운 마음을 전해 주면서 보다 뜨겁게, 뜨겁게 달아올랐다. 마침내 우리의 95년식 소나타는 불덩이처럼 후끈거리기 시작했다. 마치 깨어나기 싫은 꿈처럼.

"멈추지 마요. 계속, 계속, 계속."

사실 멈출 수 없었다. 이제껏 잊고 지냈던 우리의 저 옛날 열정들이 마치 어린아이가 뛰어놀 때 흘리는 땀처럼 아주 새콤하고 달콤한 느낌으로 온몸에 배고 있었으니 어찌 멈출 수가 있을까. 우리 모두는 쉽게 기진맥진해졌지만 그럼에도 움직임을 멈추지 않았다. 너무도, 너무도 뜨거웠기 때문이었다. 아아, 급기야 우리는 우리의 95년식 소나타가 노을 한가운데로 질주하고 있다는 착각에 빠져들었다.

우리의 95년식 소나타는 그렇게 서울을 벗어났다.

우리 모두는 순간 멀리 불기둥처럼 드러난 웅장한 성(城) 한 채를 볼 수 있었다. 붉은 화염을 토하는 성 주위로는 희뿌연 코카인과 헤로인 가루가 흩날리고 있었다.

'아싸라비아'였다.

그것은 분명 '아싸라비아'였으며, 동시에 황홀경이었다.

정말이지 견딜 수가 없었다. 견딜 수가 없어서, 나는 편지마저 잊어야 했다. 나는 가까스로 움직임을 멈추고 재킷 안쪽에 넣어둔 봉투를 꺼내 창문 밖으로 내던졌다. 안녕. 안녕. 안녕. 안녕. 안녕. 이런 식으로 말이다. 최소한 박자는 맞춰야 했으니까.

"그런데 언제까지 이걸 계속하지?"

"이렇게 마냥 하고만 있어도 되는 거야?"

"솔직히 힘든데. 어떻게 하지?"

내가 움직임을 멈춰서인지 모두들 그렇게 한마디씩했다. 하지만 나는 열정을 멈추지 않게 하는 주문도 알고 있었기 때문에 별로 걱정하지 않았다. 나는 일행에게 주문을 알려주었다. 그러자 모두들 기뻐 죽겠다는 표정으로 나를 바라보았다. 우리의 열정은 그 신비한 주문의 효험으로 멈추지 않을 수 있었다. 그러니까 엽전이 열닷 냥.

그것은 동시에 친구를 향한 나의 마지막 작별 인사이기도 했다.

도돌이표와도 같은 그 주문을 마치자마자 우리는 놀라운 활력을 다시 얻었고 다시 몸을 흔들 수 있었다. 긴 머리는 놀라운 발동작을, 포수는 신들린 손동작을, 나무꾼은 환상적인 머리칼 넘기기를 계속했다. 나 역시 멈추지 않고 다시 허리를 흔들어댈 수 있었다.

정말이지 우리는 아주 돌아버리는 줄 알았다.

마침내 눈가에는 눈물 한 방울이 고였다.

한 방울. 친구의 목소리 같은 한 방울.

눈물이 볼을 타고 흘러내릴 때 나는 생각했다. 즐거운 삶이란 바로 이런 것이라고. ‘바로 그것’. 우리는 사정없이 폭발하고 있었다.

그래서 나는 댄스 슈즈 뒤꿈치를 딱, 딱, 딱, 하고 세 번 두드렸다.


나의 여행은, 그리고 너의 여행은 댄스 슈즈 같은 거

야. 움직이지 않으면 그냥 신발과 다를 게 없어. 하지만 황홀경을 너무 오래 지속하지는 말 것. 흠, 이쯤 되면 다시 시작하는 것도 나쁘진 않겠지. 부디 내게 다시 한번 편지를 써줘, 잊지 말고. 춤추듯이. 다시 한번만.

작가의 말

# 서울을 위한 축제의 노래
## —재미있고, 화나고, 슬프고, 즐거운 가락

친구가 만나자 합니다. 보고 싶다고, 잘 지내느냐 묻습니다. 휴대 전화는 요금 많이 나오니까. 실은 문자 메시지였습니다. 팍팍해도 얼굴은 보고 살아야지. 전송. 그럼, 그래야지. 거꾸로 전송. 편지가 발송됐습니다. 친구의 이모티콘이 밝게 웃습니다. 친구 얼굴 떠오르는 듯해 기분 좋습니다. 그래서 주섬주섬 챙겨 입고 집을 나섭니다. 참, 집이라 하기도 뭣합니다. 누구는 현대 살고, 누구는 삼성 살고, 누구는 SK 살거든요. 롯데 캐슬 사는 친구도 있는데, 그 친구라면 사실 좀 부럽습니다. 어찌됐든, 조금 서둘러 버스에 오릅니다. 늦으면 안 되니까요. 막히면 저도 정말 답답하니까요. 예전에 혜화동서 돈암동 오는 데 1시간 걸린 적 있습니다. 그 길, 걸어도 20분입니다. 뛰면 10분인데. 아무튼, 버스 요금은 세월 좋아져서 월말 정산 가능합니다. 700원이지만, 교통 카드 이용하면 50원 깎아줍니다. 1시간 안에 한번 더 타면 또 깎아줍니다. 오랜만에 보는 반가운 얼굴들. 자리를 옮겨, 카페로 가 병맥주 사 마십니다. 일단 반갑다 인사하고, 그 다음 욕이나 한번 시원스레 내지르지요. 이 과장 죽이고 싶어. 그 의원 나쁜 새끼야. 국회의사당 옮기고 싶은데 님비라고, 다른 곳서는 안 받아줄 거야. 그러니 참자. 나는 말이지, 우리 사장 땜에 미쳐 돌아가시겠어. 까짓, 잊자. 건배! 그런 다음 한 잔 맛나게 들이켜고, 새로 들어선 건물 이야기, 영화 이야기, 책 이야기, 광고 이야기, 연예인 이야기, 정치 이야기, 그러다 끝으로 그간 살아온 이야기를 나눕니다. 즐겁습니다. 친구란 참 좋습니다. 그래도 계산은 해야지요. 저마다 각종 할인 카드를 꺼내 드니 8천 원쯤 득 봅니다. 공돈 생긴 기분도 들고 흥도 좀 난다 싶으니 노래방 가요. 1시간에 만 2천 원이지만 무알코올 맥주, 캔 커피 따위 마시면 10여 분 더 부를 수 있게 해 줍니다. 나름대로 정감 있죠. 단란 주점 갈까? 문득, 회사 생활 해보지 못한 친구 하나 룸살롱 가보는 게 소원이라 합니다. 거긴 정말 여자가 술 따라줘? 술만 따라주냐. 별거 별거 다 따라줘. 그러다 끝내 결혼 이야기가 나옵니다. 우리도 이제 서른이니까요. 다들 조금 주눅이 들어버렸습니다. 사랑은 하는데, 결혼하려면 돈이 너무 많이 들어서요. 그래도 우린 꿋꿋이 살기로 합니다. 좋은 날이 올 거라 믿기 때문입니다. 개미처럼 살다 보면 해 뜰 날 올 거라 서로 격려합니다. 실은 한잔 더 하고 싶습니다. 그래도 일어나야 해요. 누구는 회사 가야 하고 누구는 가게에 나가 봐야 하고 누구는 남편 챙겨 줘야 하니까요. 그래서 우리 모두 신데렐라처럼 서두릅니다. 12시 넘으면 택시 할증 들어갑니다. 잘 가라, 친구야. 정류장에 서고 보니 아차 싶은 생각이 듭니다. 영철이 놈에게 하고 싶은 이야기가 있었는데 미처 하지 못했습니다. 하지만, 괜찮습니다. 로그 인 하고 메일 쏘면 됩니다. 녀석 이름은 '영철'이. ID는 '어딘가 놓여 있을 푸른 바다가 그리워'입니다. 걱정하지 않으셔도 좋아요. 잊지 않고 기억하고 있습니다. 우린, 친구니까요.

저와 제 친구들은 이렇게 삽니다. 조금 아프면 약 사 먹고 많이 아프면 병원 가면서요. 주머니가 비어 있지 않는 한 어디든 찾아 들어가면 하고 싶은 것들, 다 할 수 있습니다. 정말로, 웬만한 건 다 할 수 있습니다. 이곳이, 이 나라 수도, 모두들 '특별'하다 말하는 서울입니다. 아스팔트 따라 수놓아진 이 편리하고 아름다운 공

간을 아시겠지요. 왜 모르시겠습니까. 애국가 첫머리에
도 나오는데. 그런데 알고 계십니까? 그곳이 말입니다,
실은 저와 제 친구들의 고향입니다. 아침이면 재활용 수
거 시간 알리는 「럭키 서울」이 마을 곳곳 울려 퍼지고,
비 내리면 바짝 말라붙었던 천이 제법 회색 물로 가득
차는 고향요. 새 소리, 바람 소리, 푸르른 녹음이오? 비
둘기도 많고, 네온사인 소리도 나쁘지 않고, 대신 가로
등 불빛 오래갑니다. 늦은 밤이면 24시간 편의점 간판의
은은한 푸른빛이 꽤 멀리 나아가서, 분위기, 괜찮습니
다. 우린 이곳서 태어나 단 한번도 이곳을 떠나본 적이
없습니다. 우리 고향 미덕은 '가격 비교'인데요, 1,000원
짜리는 800원에 사면 좋고, 1,000원 들여 1,200원짜리 사
면 더 좋습니다. 한편으로는 이렇기도 합니다. 800원어
치 일하고 1,000원 받으면 좋고 1,200원이라 가격 매겨
놓고 1,000원만 받으면 좋은 사람 될 수 있죠. 맞습니다.
조금은 어지럽습니다. 그렇게 머릿속이 '특별'하게 복잡
해야 해서 힘들 때도 있습니다. 그래서 '진화' 하려 노력
중이에요. 이 모두를, 저와 제 친구들은 다 알고 있습니
다. 그래서 한번쯤은 묻고 싶습니다. 모두가 우리 탓인
가요? 아니에요. 우리 탓은 아닙니다. 한번 더 물어도
되나요? 그렇다면 서울 탓인가요? 진정 우리의 고향 탓
인가요? 그것도 아닐 테죠. 그래서 우리는 이곳이 밉지

않은 것입니다. 우린 미워하지 않습니다. 그래서 우린 이곳을 함부로 여기지도 않습니다. 사실, 우린 대표주자 거든요. 잘하면 본전이고 못하면 욕먹는다는 것을 잘 알고 있기 때문에, 그래서 조금 외롭지만, 그게 대표 주자의 운명이란 것을 이해하니 참을 수 있는 것이랍니다. 다들 고향 이야기 꺼낼 때마다 우린 외톨이가 돼야 하지만 그래서 견딜 수 있는 것이랍니다. 우리 보고는 무조건 얄밉다 하는데, 그러지 말고 하나만 생각해 주세요. 우린, 죽으면 묻힐 땅도 없어요.

　다 잊고, 깡그리 잊고, 계속해서 견뎌내기. 어느덧 그것이 저와 제 친구들이 가장 잘 하는 것이 돼버렸습니다. 그래서 조그만 바람이 있다면, 우리 고향에 축제 하나쯤 있으면 합니다. 축제가 생기면 마음 놓고 다 잊을 수 있겠지요. 주머니가 비어 있어도, 머릿속이 조금 복잡해도 꿈꿀 수 있겠지요. 우리 고향 사람들, 원 없이, 한자리에 한 번 모여볼 수 있겠지요. 애초에 이 글은 그 축제를 위한 노래였습니다. 솔직히 말하자면, 마음껏 부를 수 있는 노래이길 바랐습니다. 그게 진짜인지, 아니면 거짓인지, 가리려 너무 애쓰지 않는, 아니, 아예 그럴 필요가 없는 축제의 노래였으면 했습니다. 지난 일들을 돌이켜 볼 수 있는, 우리 고향과, 우리 고향 사람들과 함께할 수 있는 노래였으면 했습니다. 멋진 변주곡이 될 것이라 생각했으니까요. 재미있고, 화나고, 슬프고, 즐거운 가락이 될 것이라 믿었으니까요.

우리 머릿속에, 그리고 가슴속에 그 한없는 상상의 꿈들이 자리 잡고 있으니 언젠가 그렇게 될 터입니다.

그래서 우린 서울을 사랑합니다.


2003년 5월 21일
친구들을 대신해 모든 고향 사람들에게…….

2003년 〈오늘의 작가상〉 수상작

# 서울특별시

1판 1쇄 찍음 2003년 5월 25일
1판 1쇄 펴냄 2003년 5월 30일

지은이 · 김종은
펴낸이 · 박맹호
펴낸곳 · (주) 민음사

출판등록 1966. 5. 19. 제16-490호
서울 강남구 신사동 506번지 강남출판문화센터 5층 (135-887)
대표전화 515-2000 팩시밀리 515-2007

www.minumsa.com

값 8,000원

ⓒ 김종은, 2003. Printed in Seoul, Korea

ISBN 89-374-8019-0  03810